인도,
사진으로
말하다

인도,
사진으로
말하다

글·사진 | 현경미

도란

'인도적'이라는 것은 무엇일까. 인도 여행을 꿈꾸는 이들은 가난한 어린이들의 순박한 미소, 기이한 모습을 한 거리의 요가 수행자들, 도심에서 흔히 보게 되는 소와 낙타, 코끼리의 모습을 인도적인 것이라 생각할지도 모른다. 인도를 여행하고 온 대부분의 사람들 사진 속에서 볼 수 있는 모습이기 때문이다.

그런 사람들에게 물어본 적이 있다. 우리 역시 88서울올림픽 때 달동네와 낙후된 시골만 촬영해 간 외국 방송사에 대해 분개하지 않았느냐고. 외국인들이 우리나라의 발전되고 아름다운 모습이 아니라 상대적으로 낙후된 모습에만 초점을 맞추면 흥분하고 거부감을 드러내면서 왜 우리는 인도의 한 부분만, 그것도 문화나 경제적으로 생활수준이 가장 뒤떨어진 삶만 보려 하는지 말이다.

2007년 4월, 인도로 가는 내게 주변사람들은 기대 어린 말을 했다.
"와우, 인도에 가면 멋진 사진을 많이 찍을 수 있겠다."
"지금까지 찍어왔던 사진과는 다른 새로운 사진을 찍을 수 있겠네."

여러 기대와 나름의 복안(腹案)에도 불구하고, 인도에 도착한 후 3년 동안 단 한 장의 사진도 찍을 수 없었다. 돌이 갓 지난 아이와 40도를 넘나드는 인도 특유의 폭염에 적응하느라 힘이 들기도 했지만, 무엇을 찍어야 할지 전혀 감을 잡지 못했다. 인도는 우리나라와 달라도 너무나 달랐기 때문에 카메라만 들이대면 다 독특한 피사체가 될 수 있다. 역으로 뭘 찍어도 누군가 찍은 듯한 사진이 나오기 쉽다는 뜻이기도 하다. 수많은 여행자들이 구석구석을 다니며 안 찍은 사진이 없을 정도로 인도는 사진 찍기 좋은 나라이기도 한 것이다.

　내가 누구인지, 인도가 어떤 나라인지 알지 못한 채 3년이라는 시간이 거대한 블랙홀 속에서 흔적도 없이 사라져 갔다. 그러다가 문득 일상적인 인도의 모든 것들이 궁금해졌다. 별 생각 없이 지나치던 거리의 풍경, 길 위의 소들은 어떻게 자기가 주인인 듯 자유롭게 활보할 수 있을까. 트럭 뒤나 집 앞에 쓰인 글자는 무슨 뜻을 가지고 있을까. 어떻게 디왈리(Diwali) 때마다 모든 인도인들이 직업도 내팽개친 채 축제를 즐길까. 이런 의문에 답은 한 곳으로 귀결되었다. 힌두교라는 종교를 알지 못하면 인도를 절대로 이해할 수 없다는 것이었다.

　힌두교는 모든 것을 녹여내는 커다란 용광로 같다. 다른 종교의 관습도 힌두교적으로 바꾸고 신도 계속 만들어진다. 그 세대의 위대한 인물을 신으로 재탄생시킨다. 이렇게 힌두교가 인도인의 삶 속에 깊숙이 자리 잡고 있는지 알게 된 다음부터는 운 좋게도 좋은 선생님을 만나 함께 공부할 기회를 얻었다. 전직 뉴델리 국영방송 아나운서였던 브라만 출신 선생님과 일주일에 한 번씩 기본적인 힌두교에 대해서 공부하고 함께 사원을 방문하기도 했다.

　그리고 당연히 사진도 찍기 시작했다. 매일 아침 아이를 학교에 등교시킨 다음 내가 살던 곳의 주변 사원으로 갔다. 우리나라 교회가 근린생활시설 언저리에 자리하고 있듯 힌두사원 역시 한 골목 지나면 마주할 수 있을 만큼 가까운 곳에 있었다. 심지어는 아름드리 보리수나 반얀(banyan)나무 밑에 천막 치고 신상을 갖다 놓으면 바로 사원이 되기도 했다. 힌두교에 대해 알지 못했다면 그 수많은 사원들이 비슷비슷해 보여 아무런 흥미도 느끼지 못했을 것이다.

인도인과는 거의 교류하지 않고 한국에서 살던 대로만 살다가, 사원 촬영 시작과 더불어 처음으로 인도 땅에 제대로 발을 디디고 있다는 느낌이 들었다. 그동안 반경 4킬로미터 내의 인도가 전부인줄 알고 살았던 나의 시야는 그제야 40킬로미터 이상으로 넓어졌다. 반년 동안 곳곳을 돌아다니며 내가 얻은 것은 힌두사원의 사진만이 아니었다. 인도 땅과 사람에 대한 사랑이었다.

'힌두사원 프로젝트'를 하기 전까지는 인도에 산다는 것이 힘들기만 했다. 심하면 50도까지 치솟는 폭염, 열 달 내내 비 한 방울 내리지 않는 건조한 날씨, 신도시 사람들 특유의 거친 심성, 그 모든 것들이 인도에 대해 거부감을 갖게 했던 것이다. 하지만 자연광을 최대로 살려 사진을 찍을 수 있는 아침 이른 시간이나 저녁 해 지기 한두 시간 전에 본 인도의 모습은, 우리의 평범한 일상과 별반 다르지 않았다. 인도 속에 살면서 그동안 마치 서울 어딘가에 있는 듯 행동했던 나는, 주변의 모든 것들을 사랑하지 않으면 결국 스스로 불행해진다는 사실을 깨달았다. 힌두사원 프로젝트 덕분에 삶을 애정 어린 눈빛으로 바라볼 수 있게 된 것이다.

2014년 6월
현경미

PART **2**

PART 1

카 메 라   테 스 트

2010년 여름, 어렵게 중고로 구입한 핫셀블라드(Hasselblad) 503CWD를 들고 인도로 돌아왔지만 덥다는 이유로 사진을 단 한 장도 찍지 않았다. 사실 살인적인 더위도 그저 핑계였다. 무엇을 찍어야 할지, 인도에 살고 있지 않은 사람들에게 무엇을 보여줘야 할지 알고 있다면 찍는 것은 별 문제가 안 된다. 머릿속이 텅 빈 백지 상태라면 제아무리 성능 좋은 카메라도 차가운 금속 덩어리에 지나지 않는다.

40도가 넘는 폭염 속에서 자연히 머리와 몸을 비우고 간신히 목숨만 부지하고 살다가 드디어 낮 기온이 40도 밑으로 떨어지자 사고(思考)라는 인간 본연의 기능이 돌아오기 시작했다. 사람이 극한 상황에 놓이면 이성적인 사고는 마비되고 행동은 단순해진다. 다행히 그 즈음에 힌두교에 관심을 갖게 되었고, 훌륭한 선생님을 만나는 행운까지 찾아왔다. 힌두교에 대한 프로젝트를 시작해보자는 커다란 밑그림을 그리고 나니 나머지는 간단했다. 최고의 파트너 핫셀블라드가 있는데 걱정할 것이 없었다.

'프로젝트 첫 촬영지는 어디로 정할까' 하는 즐거운 고민이 생겼다. 그때 문득 떠오른 곳이 구르가온(Gurgaon)에서 델리(Delhi)로 가는 외곽도로에 있는 사원이었다. 그쪽 길은 유난히 소 떼가 많이 다니고 가시덤불 나무로 뒤덮인 야산이 있어 잠시 동안이나마 시골길을 달리는 듯한 착각에 빠지게 되는 곳이라서, 조금 돌더라도 복잡한 시내보다 그곳으로 지나는 것을 선호했다. 며칠 전 그 길에서 보았던 장면이 떠올랐다. 열 마리가 넘는 소들이 여유를 부리며 지나가고 있는데, 사리 입은 젊은 여인이 그 소들에게 정성껏 먹이를 주고 있었다. 사원을 지날 때마다 궁금했다.

'저기는 어딜까, 저 안에 무엇이 있기에 자동차들이 비포장도로를 지나 그곳으로 가는 걸까?'

차에서 내려 사원으로 들어가는 순간, 나는 물론 사원에 있던 사람들은 서로가 서로를 쳐다보며 동시에 놀라움을 느끼고 있었다. 관광지가 아닌 그곳을 동양인 여자가 찾아왔다는 사실에 그쪽은 호기심 가득한 시선이었고, 나는 사원이 너무 낯설어서 발을 내딛기가 쉽지 않았다. 혹시나 이방인은 출입금지라거나, 아니면 나를 적대적으로 대할까 봐 일말의 두려움도 있었다. 그리고 힌두사원은 - 우리의 입장에서 보면 - 미신적인 요

카메라 테스트, 2010
비슈누의 삼지창.

소가 많은 곳이라 경건함을 느끼기 어려웠다. 동네 작은 사원의 경우 더욱 낯설었다.

걱정과 달리 사람들은 친절했다. 솔직히 말하면 내가 가진 힌두교에 대한 관심보다, 사원에 있던 사람들의 '외국인 여자가 힌두사원을 촬영한다'는 신기함이 더 큰 듯했다. 힌디어(Hindi)로 이것저것 설명해 주었지만, 생존에 필요한 몇 마디 말밖에 할 줄 모르던 내게 별로 도움은 되지 않았다.

문제는 거의 7년 만에 잡아 보는 핫셀블라드의 무게가 30분만 들고 있어도 손이 후덜덜 떨릴 만큼 무거웠다는 것이다. 그동안 한 손으로 찍어도 되는 가벼운 똑딱이 카메라에 익숙해져 있는 손 근육이 핫셀의 무게를 감당하지 못하는 것이 당연했다. 핫셀만 들고 있으면 알 수 없는 자신감에 전율했던 지난날을 돌이켜보면, 나는 너무 쉽게 핫셀을 배신했던 것이다. 어찌 그토록 오랫동안 사랑하던 애인을 잊고 살 수 있었을까.

삼각대를 세워놓고 찍는 것을 좋아하지 않는 내게 실내 촬영은 항상 문제였다. 외부에서는 포커스나 노출 맞추기가 어려울 것이 없었지만 실내는 좀 달랐다. 사원의 작은 사당 몇 곳 중에서도 내부가 온통 검은색이어서 인상 깊었던 사당 내부를 촬영할 때였다. 그곳을 삼각대 없이 찍을 수 있을 것 같지 않았지만, 최대한 조리개를 맞춰 보았다. 포커스마저 맞추기 힘들어 한 줄기 흰 선을 기준 삼아 감으로 맞출 수밖에 없었다.

핫셀의 CCD는 최신형 제품과 달리 선명하지 않아 그 자리에서 사진이 잘 찍혔는지 안 찍혔는지 확인이 안 된다. 그저 대충 노출만 비슷하게 맞았는지 보여줄 뿐이다. 집에 오자마자 컴퓨터로 확인해 보고 나서 깜짝 놀랐다. 내가 사랑하는 핫셀의 능력은 더없이 탁월했다. 그 악조건 속에서도 모든 정보를 다 저장하고 있었다. 육안으로도 확인하지 못한 꽃송이까지 일일이 다 간직하고 있다가 숨김없이 보여준 것이다.

'이제 마음 놓고 사진 찍어도 되겠구나' 하는 생각에 나는 마음이 바빠졌다. 매일 아침 사원으로 출근하는 나날이 시작되었다.

보 리 수 와   여 인

이곳의 분위기는 한적한 시골 동네의 작은 호숫가를 연상시킨다.

목을 축이는 세 마리의 개, 붉은 사리를 입고 빨래하는 아낙, 낡고 허름한 시바 사원, 그 모든 것이 도시의 이미지와는 맞지 않는다. 그러나 이곳은 별칭 밀레니엄 신도시로 각광받고 있는 구르가온 시 한복판에 있는 가난한 동네의 우물가다. 쓰레기가 둥둥 떠다니는 연못에서 여인이 빨래를 하고 있는 것이다.

사진에는 보이지 않지만, 오른쪽에는 다양한 국적의 외국인이 다니는 국제학교, 왼쪽에는 한화로 월세가 200만 원이 넘는 고급 아파트가 줄지어 서 있고, 그 위쪽에는 중산층이 거주하는 단독주택단지가 있다.

처음 이곳을 발견했을 때 가난한 이의 아픔까지도 다 품어 줄 것 같은 거대한 보리수에 온 마음을 빼앗겨 버렸다. 나무 주변을 돌며 맨발로 흙더미 위에서 놀던 아이들과 덩달아 신이 난 개까지 몇 컷을 찍었지만, 그 순간에 아무런 느낌도 오지 않았다. 사진을 찍다 보면 결과물을 보지 않고도 누르는 순간 알게 된다. 마음을 담은 사진이 나올지 아니면 그냥 기록에 지나지 않는 사진이 나올지 말이다. 집에 와서 컴퓨터로 결과물을

21

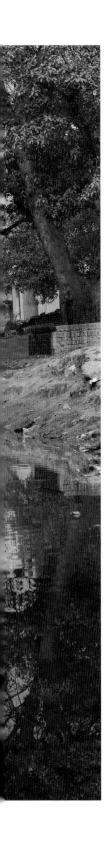

확인한 순간 모든 것이 명백했다. 사진은 길에 굴러다니는 돌처럼 제멋대로였고 내가 느꼈던 나무의 영혼은 담겨 있지 않았다. 그때 찍은 보리수는 세상 구경도 못한 채 카메라 속에서 잠을 잤다.

어느 날 우연히 길에서 좀 떨어진 사원이 눈에 띄기에 비포장도로를 지나 그곳을 찾아갔다. 대체로 힌두교적인 분위기였는데, 여기저기 장식된 크리스마스 전구가 묘한 기분이 들게 했다. 사원 내부 사진을 찍고, 외곽에 있어서인지 규모가 제법 큰 사원 마당으로 나와 천천히 거닐었다. 한적한 아침 시간에 바나나가 열린 나무를 직접 보면서 신기해하기도 하고, 사원 마당을 다 차지하며 욕심껏 가지를 뻗어가는 반얀 나무를 찍기 위해 이리저리 앵글을 잡아 보다가 실패했다. 사원 바깥으로 나오자 전혀 다른 세상이 펼쳐졌다. 아주 놀라운 광경이었다. 며칠 전 내가 그토록 담고 싶어 했던 연못가 보리수가 보였다.

가까이 있을 때는 전체가 보이지 않는다. 그 커다란 나무를 보기 위해 나무 주변에서만 맴돌았지 멀리서 볼 생각을 못했던 것이다. 반대편에 서서 나무를 바라보니 그 신성한 보리수가 한눈에 들어 왔다. 물속에 길게 드리운 보리수 그림자를 보고는 그 아름다운 모습에 가슴이 쿵쾅쿵쾅 뛰기 시작했다. 사원의 끝은 또 다른 사원의 시작이었다. 드디어 내가 원하던 사진을 찍을 수 있겠다는 생각에 발걸음이 빨라졌다. 사진을 찍기 전, 진정으로 원하는 이미지를 찾아냈을 때는 찰칵거리는 셔터 소리보다 심장 뛰는 소리가 더 크게 들린다. 게다가 빨래하는 사리 입은 여인까지! 전혀 의도하지 않았음에도 불구하고 모든 것이 완벽했다. 사진을 찍기 위해

⟡ 보리수와 여인, Digital print, 40×40inch, 2011 / 동네 연못에서 빨래하는 여인.

일부러 인위적으로 세팅을 하려 했다 해도 이처럼 철저하게 준비하지는 못했을 것이다. 여인의 사리 색깔만 해도 그렇다. 뒤편의 시바사원과 조화를 이루었을 뿐만 아니라 포즈까지, 어느 하나 흠 잡을 데가 없었다. 정면도 아니고, 후면도 아닌 사선으로 앉아서 빨래하다 보니 사리의 형태와 몸의 윤곽이 자연스럽게 일치되었다. 마지막으로 한 가지 더 기가 막힌 것은 하늘의 태양까지도 협조적이었다는 사실이다. 이 장소에서 연속적으로 찍은 사진을 보면 유독 이 컷만 미세하게 빛이 살아 있다는 것을 알 수 있다. 구름 속을 헤치고 나온 빛이 다음 컷을 위해 필름을 감는 1.5초 사이에 나타났다 사라진 것이다.

전시를 하려고 마음먹고 사진을 고르려는데 약간의 갈등이 생겼다. 빨래하는 여인이 나온 사진과 보리수 전체가 물에 비친 사진 중에서 어떤 것을 선택해야 할지 고민이 되었다. 처음에는 두 사진을 같이 나란히 전시할까 생각도 했지만 여러 가지 정황상 어울리지 않는다는 생각에 결국은 제목처럼 여인이 빨래하고 있는 사진을 골랐다.

21세기 첨단 신도시에 공존하는 19세기의 삶. 과연 저 나무는 얼마나 오랫동안 저기에서 인도인의 삶을 지켜보고 있었던 걸까. 22세기에도 살아남아 누군가에게 편안한 안식처가 될 수 있을까? 아니면 개발이라는 미명하에 사라지고 없는 것은 아닌지….

○가네슈, Digital print,
40×40inch, 2011
고전적인 가네슈 신상과
현대적인 콘센트가 대비를 이룬다.

수천 년 동안 인도인의 삶과 함께해 온 가네슈(Ganesh)는 코끼리의 머리, 네 개에서 열 개 사이의 팔, 항아리처럼 생긴 배를 가지고 있다. 장애물을 극복하고 제거하는 신, 부와 지혜의 신, 마을의 수호신으로 알려져 있으며 힌두교에서 가장 사랑 받는 신 중의 하나다. 관광지 공예품 가게에 가면 기본으로 수십 가지 종류의 가네슈 상이 있고, 상점 주인들은 한쪽 구석에 재단을 마련해 놓고 매일 가네슈에게 장사 잘되게 해달라는 소원을 빌기도 한다.

이 조각상은 비록 작은 사원 입구에 설치되어 있었지만 전형적인 가네슈의 모습을 잘 갖추고 있었다. 특히 사진 찍을 때 중점을 둔 것은 왼쪽 위

◆ 현대적인 가네슈 상, 2010
변화를 수용하여 고전적인
가네슈 상과 다른 모습이
인상적이다.

에 있는 전기 콘센트였다. 지금까지 있던 수많은 가네슈 상과 비교해 봤을 때, 이 콘센트가 신상의 정체성을 대변해 준다는 생각마저 들었다. 21세기 인도에 존재하고 있다는 것을 증명해주는 장치인 것이다. 우리나라 플러그는 단 한 가지로 통일되어 있어 콘센트의 구멍이 두 개면 되지만 인도는 세 종류가 있다. 모든 종류의 플러그를 다 끼울 수 있게 콘센트의 구멍이 여섯 개나 된다. 이 독특한 시간과 공간과의 조합이 시선을 잡아끌었다.

사원 안쪽에는 특이한 모습의 현대적인 가네슈 상도 있었다. 힌두교가 오랫동안 살아남을 수 있었던 이유는 변화를 수용하는 적응력이라고 하더니 그 말이 무슨 뜻인지 이해할 수 있었다. 가네슈의 외양은 그 시대에 맞춰 얼마든지 달라질 수 있지만 그가 가진 능력은 전혀 변하지 않는다. 본질에만 충실하면 되는 것이다.

가 장 귀 한 똥

　내가 살던 곳에서 가까이에 위치한 사원을 거의 다 가본 뒤 점차 사원 촬영지를 넓혀 가던 때에 만난 곳이었다. 사원 앞은 신흥 도시답게 거대한 아파트가 촘촘히 들어서 있어 아파트 숲이라는 말이 딱 맞았다. 사원 뒤에는 어설픈 영화 세트장에나 있을 법한 바위들이 계곡을 따라 양 옆으로 놓인 황량한 야산이 펼쳐져 있었다.

　그런데 진짜로 나를 놀라게 한 것은 사원이 아니라 공작새의 중저음 울음소리였다. 그것은 마치 쥬라기 영화에나 나오는 시조새의 울음소리처럼 온 계곡을 울리고 하늘 높이 퍼져 나갔다. 보석처럼 밝게 빛나는 화려한 파란색 무늬의 새가 거의 1미터에 달하는 긴 갈색 꼬리털을 흔들며 날아가는 모습은 평생 한 번도 본 적이 없는 장관이었다. 열 달 가까이 비 한 방울 내리지 않는 사막 기후의 도시에서 어쩌면 이러한 광경이 벌어질 수 있는지 직접 보고도 믿기지 않았다.

　비현실적인 공작새의 거대한 날갯짓을 보고 사원 앞으로 나왔을 때 또 다른 현실은 진행형이었다. 가난한 인도인의 삶에서 소똥은 없어서는 안 될 귀중한 재산이다. 소똥을 빈대떡처럼 빚어 말리는 것은 우리가 겨울에 연탄을 광에 쟁여두던 것과 다를 바 없다. 그동안 차를 타고 다니면서 다

❸ 숲속의 사원, Digital print, 20×20inch, 2011 / 소똥밭 가까이 위치한 숲속 사원.

마른 소똥을 켜켜이 쌓아 놓은 것을 많이 보았지만, 소똥을 반죽하는 모습을 본 것은 처음이었다. 체험 삶의 현장에서나 보았을 법한 일이 눈앞에 펼쳐진 것이었다.

하지만 그들 가까이로 가서 사진 찍을 엄두를 내지 못했다. 어떻게 보면 절호의 기회였음에도 불구하고, 그들의 숨소리가 들릴 만한 거리로 다가가지 못했다. 불쾌한 냄새가 날 것 같다거나 불결할 것 같아서가 아니었다. 알 수 없는 두려움과 소심함 때문이었다. 나는 절대로 다큐멘터리 사진작가가 될 수 없다고 생각했다. 있는 그대로의 현실에 맞설 용기가 없었다. 그래도 그들의 의상은 알록달록 총천연색이라서 소똥과 묘하게 대비를 이루고 있었다. 내가 먼발치서 조심스럽게 카메라 앵글을 맞추고 있을 때 그들 중 한 명이 다가오더니 자기 사진을 찍으라 말하며 한없이 순수한 미소를 지었다.

조지 베일런트(George Vaillant)의 『행복의 조건』이라는 책을 보면 "행복하고 건강하게 나이 들어갈지를 결정짓는 것은 지적인 뛰어남이나 계급이 아니라 사회적 인간관계다"라는 구절이 있다. 내게 사진을 찍어 달라며 포즈를 잡던 그 할머니는 조지 베일런트가 말하는 사회적 인간관계가 잘되어 있음이 분명했다. 불행이라는 소똥도 어떤 마음을 가지고 어떻게, 누구와 만드느냐에 따라 얼마든지 행복이라는 구수한 빵으로 만들어 낼 수 있는 것이 바로 인간이다.

⬆ 숲속의 사원, 2011
소똥밭에서 일하던 여인은 밝은 모습으로 이방인에게 포즈를 취해준다.

18 오움

태초에 소리가 있었다. 이 우주가 창조되기도 전에 있었던 소리, 우주의 창조와 함께 태어난 완벽한 소리. 힌두교에서는 그 소리가 바로 '오움'이라고 믿는다. 빅뱅이라는 현대 과학의 논리를 빌어 설명하자면 커다란 폭발이 일어나고 그 소리가 폭발물질과 함께 우주 구석구석으로 번져 나갈 때 나는 소리라는 것이다. 증명할 수는 없지만 말이다. 과학적으로 우주의 기원이 아직 정확하게 밝혀진 것은 아니다. 힌두교의 창조론, 우주는 시작도 없고 끝도 없다는 이론이 지금까지는 가장 근접한 우주관이다. 나의 목숨이 다했다고, 지구의 내핵이 폭발해 산산조각이 났다고, 태양계의 균형이 깨졌다고 해서 우주가 끝났다고는 할 수 없는 것이다.

그렇다면 이 소리를 정확한 발음을 어떻게 내는 것일까. 이 소리를 완벽하게 글로 설명하기는 어렵지만 영어식 표기로 일단 해보면 명사형은 "OM"이라고 표기되고, 음성학적으로 표현하면 "AUM"이다. 여기서 A는 "아" 소리가 아니라 "오" 혹은 "어"로 발음해도 큰 무리는 없다. 오어~~~우~음, "어" 소리는 좀 길게 "우" 소리는 짧게 하고, 끝에다가 "음"을 붙이면 된다.

명상을 하면서 이 단음절만 소리 낼 때 길게 음과 음을 끌어 주면 되고, "옴 마니 반메훔" 같이 다른 만트라를 시작할 때 내는 처음 소리는 좀 짧

게 내면 된다. 우리나라 소리에서 가장 비슷한 것을 찾으려면 막 말을 배우기 시작하는 아기들이 "엄마" 할 때 뜸들이면서 "어음마"의 "어음" 하는 것과 정말 유사하다.

기독교에서는 기도가 끝난 다음에 "Amen"이라고 한다. 이 에이멘의 뜻은 기도 드린 대로 이루어 달라는 소망을 담은 것이다. 이 "오움" 역시 마찬가지다. 이 "오움"만 수천 번, 수백만 번을 암송하면 원하는 모든 것이 이루어진다고 힌두교들은 믿는다. 불교에서 끊임없이 "나무아미타불 관세음보살"을 외우는 것과 비슷한 이치다. 과연 이 소리에 어떤 힘이 있다고 사람들은 믿고 있는 걸까.

　인도 중세기 무굴 제국에서 가장 막강한 권력을 유지했던 악바르 황제 시대에 유명한 소리꾼 탄센은 궁정에서 공연을 할 때 소리로서 촛불을 끄는 탁월한 능력이 있었다고 한다. 언뜻 소리에 과연 그런 힘이 있을까 하는 생각이 들 것이다. 강력한 소리는 그 파동 때문에 콘크리트 건물을 파괴시킬 수 있는 괴력이 있다. 인도를 여행하다 보면 무수히 만나게 되는 기호가 바로 이 글자다. 집 대문, 트럭 뒤, 아무것도 아닌 벽, 물론 사원에도 있다.

　태초에 소리가 먼저 있었고 문자가 나타나기까지는 오랜 시간이 걸렸다. 도구를 만들 수 있는 섬세한 손이 고도의 문명을 만들었다고 하지만 손 이전에, 미묘한 감정까지 소통할 수 있는 소리가 있어 지구상에서 인간은 다른 동물과 다른 길을 걸을 수 있었던 것이다.

성 스 러 운 여 전 사
학 살 의 여 신 두 르 가

　사진 속 장소나 사원 이름은 중요치 않다. 구르가온에 십 년 넘게 산 외국인은 물론 현지인들도 그런 사원이 존재한다는 사실을 대부분 알지 못한다. 하지만 이 두르가(Durga) 여신을 찍은 장소에 대해 몇 마디 설명만 듣고도 사람들은 그 사원이 어디쯤 있는지 금방 알아차리고 한마디 할 것이다.

　"아! 거기. 구르가온에서 화리다바드로 넘어가는 길에 있는 곳! 지나간 적은 있는데 한 번도 안에 들어가 본 적은 없어."

　보고서도 알지 못하고, 가까이 가서도 느끼지 못했다면 과연 그 공간에 존재했다고 말할 수 있을까. 나 역시 마찬가지였다. 힌두사원 프로젝트를 진행하지 않았다면 내가 살던 곳에 그처럼 다양한 사원이 있는 줄 몰랐을 것이다. 사원 자체도 그랬지만, 더 흥미로운 것은 사원까지 가는 길이었다. 복잡한 시장 주변은 기본이고, 외딴 산속, 19세기 그대로인 마을 한복판에 있는 사원까지, 웬만한 관광지 구경보다 더 큰 감동을 주었다. 그래, 구르가온에 이런 곳도 있구나, 구르가온 사람이라고 해서 다 남을 속이려고만 하는 것은 아니구나, 인도 사람들은 이렇게 살아가고 있구나. 사원을 찾아가는 동안 얻은 깨달음이야말로 진짜 인도를 이해하게 된

◑ 옷 갈아 입은 두르가, 2010

최고의 경험이었다. 관광지에 가게 되면 흔히 갖게 되는 '유명한 곳은 다 가봐야지' 하는 강박관념도 없이 그 상황 그대로 모든 것을 받아들일 수 있는 마음의 여유가 있었기에 가능한 일이었다.

처음 사원에 갔을 때는 빛이 좋지 않아 별 성과가 없었다. 사원의 진가는 두 번째 갔을 때 알 수 있었다. 아침부터 뜨거운 인도의 태양이 사원 안쪽 깊숙한 곳에 자리 잡고 있는 두르가 여신의 몸까지 비추자, 아이들이 인형에 옷을 입혀 놓은 것 같았던 신상이 무적의 여신으로 살아나는 듯했다. 열여덟 개의 팔을 가진 강인한 여신 두르가가 사자 등에 탄 채 홀로 빛나고 있었다.

열여덟 개의 팔에 온갖 종류의 무기를 가진 이 여신상은, 힌두사원에서 가장 많이 볼 수 있는 신상 중 하나다. 팔이 두 개인 일반인보다 열여섯 개나 많다는 것은 그만큼 많은 능력을 지니고 있다는 의미일 것이다. 화려한 의상, 향기 나는 꽃목걸이, 우윳빛 진주목걸이를 온몸에 휘감고 손에는 잔인하기 그지없는 살상용 무기를 들고 있는 그녀의 모습이 어딘가 어울리지 않는 듯하다. 두르가 탄생신화를 보면 이해가 된다.

창조의 신 브라흐마(Brahma)가 만든 악마 마히샤수라(Mahishasura)는 간절한 기도와 끝없는 고행으로 남자들한테 절대로 패하지 않는 능력을 부여 받았다. 거기까지였다면 마히샤수라는 삼계를 휘저으며 신으로 군림할 수 있었을 텐데, 자신의 능력만 믿고 온갖 행패를 다 부렸다. 지구상의 인간들은 물론 천상의 신들도 그를 도저히 제압할 수 없었다. 이처럼 그의 악행이 계속되었으나 모두 속수무책으로 당하고만 있었다. 그를 무찌를 수 있는 강력한 여신은 아직 없었으니까. 이에 브라만, 시바(Shiva), 비슈누(Vishnu) 등 세 명의 남신이 모여 대책을 논의했고 세상을 구원하기 위해 힘을 합쳤다.

그들이 악마에 대적할 자를 만드는 과정이 참으로 신기하다. 시바는 자신의 에너지 빔으로 얼굴을 만들고, 야마(Yama)는 검은 머리를, 비슈누는 손을, 달은 가슴을 만드는 등 모든 신들이 총출동해서 자신의 능력을 최대한 발휘하여 여신을 만들었으니 그 외모가 출중할 수밖에 없었다. 요즘 시대로 말하자면 강남에서 최고로 잘 나가는 성형외과 의사들이 한데 모여 완벽한 컴퓨터 미인을 만든 것과 다르지 않다. 외모뿐만 아니라 신들은 그녀를 탁월한 능력을 가진 최고의 전사로 무장시켜 준다. 폭풍의 신

루드라(Rudra)가 준 삼지창, 전쟁의 신 인드라(Indra)가 준 번개, 비슈누가 준 원반 등 열여덟 개의 손에는 각기 하나씩 무기를 쥐고 있다.

이 과정을 곰곰이 생각해 보면 어디서 많이 본 듯한 장면 하나가 떠오를 것이다. 바로 만화영화에 자주 등장하는 악당을 물리치는 방법이다. 착한 전사들이 함께 모여 주문을 외우고 각자 손에서 나오는 광선이 일치가 되면 괴력의 힘을 발휘하는 새로운 생명이 태어난다. 심지어는 어린 여자아이들을 상대로 하는 만화에서도 사랑과 정의의 이름으로 심판할 때 허공을 가르는 거대한 광선이 나오지 않는가. 만화가들은 수천 년 전 힌두 신들이 이 광선을 이용해 또 다른 신을 만들었다는 사실을 알고 있었나보다.

남성 신들이 한데 모여 악마를 물리칠 수 있는 막강한 힘을 가진 신을 만들었다는 것까지는, 뭐 그럴 수 있다고 생각할 것이다. 그런데 이해할 수 없는 것은 여성 신이 탄생했다는 점이다. 자신이 보유하고 있는 최고의 무기까지 주면서 무적의 여신을 만든 것이다. 왜 본인들이 직접 나서서 악을 물리치지 않고 여신을 새로이 만들어 책임을 회피하려고 했는지 궁금하다. 마치 무서운 사람이 나타나면 어머니 치마폭에 숨어버리는 나약한 남자아이들처럼 말이다.

가장 강력한 남신들의 힘으로 탄생한 두르가가 힘의 원천인 샥티(Shakti)로서 모든 이의 추앙을 받는 것은 당연하다. 샥티는 다양한 언어로 해석될 수 있다. 남인도에서는 이 샥티를 암마(Amma)라고도 한다. 우리의 '엄마'와 비슷하다. 북인도에서 'Mother Durga'라는 호칭으로 불리는 것을 보면 궁극적으로 이 샥티는 우주 생명의 에너지이며, 모성의

⬆ 두르가, Digital print, 40×40inch, 2011
햇빛이 후광처럼 반사되어 신비감을 준다.

힘이라고 볼 수 있다. 요즘 나오는 광고와도 일맥상통한다. 곤란한 지경에 빠지면 누구나 '엄마'를 부른다. 사실 악의 무리를 처단하는 신은 비슈누이다. 세상에 포악한자들이 넘쳐나면 새로운 아바타로 변신해 그들을 처단해 왔는데 그의 힘으로도 어쩔 수 없는 강력한 악의 세력들이 나타날 때는 엄마 같은 여신이 그를 대적할 수밖에 없다. 엄마는 모든 신의 대리자이며, 그 신들로부터 강력한 힘을 받아 세상에서 아기를 지킬 수 있는 능력을 타고난 것이다.

이 여신은 내게도 특별한 의미를 지니고 있다. 3억 명이 넘는 신이 존재한다고 믿는 힌두교는 다신 사상이 그 근본이지만 각자가 모시는 신은 한두 명에 국한되어 있다. 인도에 가서 힌두교 신자라고 하는 사람에게 누구를 주신으로 모시고 있느냐고 물어보면 다들 다른 신의 이름을 댈 것이다. 내게 힌두교를 가르쳐주는 선생님은 두르가 여신을 전적으로 의지하고 있다. 특히, 함께 살던 아들 내외가 어느 날 갑자기 모든 짐을 싸들고 아무 말 없이 집을 나가 버린 뒤 두르가를 더욱 많이 찾게 되었다고 한다. 선생님은 그날의 충격에서 벗어나기 위해 무척 애를 썼다. 우리 식으로 말하자면 무당에게 찾아가서 부적도 쓰고, 굿도 하는 등 할 수 있는 모든 일을 다했지만, 그것도 소용없다는 사실을 깨닫고는 오로지 이 여신에게만 정성껏 기도를 올린다.

2년여의 시간이 흘러 겉으로 드러난 선생님의 상처는 어느 정도 아물었지만 마음속 깊은 곳에 남아 있는 아픔은 여전히 치유되지 않고 있었다. 왜냐하면 아들에게서 도망치듯 집을 나간 이유, 앞으로 어떻게 할 것인지에 대한 아무런 이야기도 듣지 못했기 때문이다. 선생님은 상처가 덧

나 힘들 때마다 전지전능한 두르가 신상의 목걸이를 만지작거리며 위안을 얻었다.

선생님 댁을 방문해 보니, 침대 옆 한쪽에 두르가 여신상을 모셔놓은 제단이 있었다. 이곳에 아침저녁으로 기도를 올리는 선생님을 보며 마음이 무거웠다. 한 번은 할머니 친구분의 이야기를 들을 수 있었는데, 미국에 살고 있던 아들이 인도에서 잘 살고 있는 어머니에게 모든 재산을 팔고 미국에서 함께 살자고 했단다. 아들의 제안이 기뻤던 할머니 친구분은 델리 요지에 있던 집을 팔고 함께 공항까지 갔지만, 거기까지가 끝이었다. 아들은 어머니를 그 넓고 휑한 공항에 버려둔 채 혼자서 미국으로 도망가 버렸다. 듣고도 믿을 수 없는 이야기였지만 이것이 현실이다. 현대화의 물결과 함께 해외 유학 열풍으로 가정을 최우선으로 하던 인도 전통사회가 서서히 무너져가는 중이었다.

선생님은 그래도 자신에게는 살 집이 있고, 젊었을 때 일하던 국영방송국에서 연금도 나오고, 학원 영어강사라는 직업도 있으니 다행이라고 이야기했다.

두르가의 강력한 힘도 선생님 아들의 마음을 돌릴 수는 없었던 듯하다. 내가 서울로 돌아올 때까지 선생님의 아들이 다시 연락을 했다는 이야기는 듣지 못했다. 늘 대화의 끝은 아들의 이야기로 눈시울을 붉히던 선생님, 내가 할 수 있는 것은 선생님이 언제나 건강하길 바라는 것뿐이다.

산 속 의 꽃

이 사원에 가기 전까지, 나는 힌두사원이 복잡한 속세에만 있는 줄 알았다. 대로변 곳곳에 위치한 포장마차 같은 곳도 신상만 모셔져 있으면 사원이고, 시장 골목 어귀에 다 허물어져가는 허름한 천막이라도 그 안에 신상을 모시면 그냥 사원이 되는 것을 많이 보았다. 크고 작은 수많은 사원들이 우리나라의 교회처럼 주변에 산재하고 있어 힌두사원 역시 사람들 사이에 자리 잡고 있는 줄 알았던 것이다.

어느 토요일 아침, 주중과는 달리 시간도 여유가 있고 이미 동네 근처 사원도 거의 다 둘러본 뒤라서 시 외곽 소나울리(Sonauli) 쪽으로 가보았다. 그 길은 아라발리 산맥(Aravalli Range)이 이어지는 곳으로, 산이라고 하기에는 민망하고 언덕이라고 하기에는 약간 높은 해발 300미터 정도이지만, 남쪽으로 내려갈수록 산이 높아지는 형태다. 델리(Delhi)에서부터 라자스탄(Rajasthan) 지역을 아우르는, 장장 560킬로미터에 달하는 산맥으로 마치 백두대간과 같은 역할을 하는 중요한 지형이라서 구르가온 시내와는 사뭇 다른 풍경이 펼쳐졌다.

소나울리로 가는 큰 길로 들어서니 멀리 산 중턱에 사원이 하나 보였다. 도로에서 보면 손에 잡힐 듯 가깝게 보였는데, 길을 아무리 찾아 들어가도 사원의 실체는 보이지 않았다. 그대로 포기하지 않고 좁은 마을길로 접어들어 동네 사람들에게 물어보며 찾아가기 시작했다. 나중에는 비포장 산길을 달리고, 심지어는 생전 처음 보는 군부대 뒷길까지 지나서 산속으로 높이 올라가자 드디어 사원의 입구가 보였다.

그곳에서는 내가 가장 신기해하는 동물인 공작새들이, 마을에 풀어놓은 닭마냥 흔하게 돌아다녔다. 문제는 덩치는 타조만큼 커다란 녀석들이 얼마나 예민한지 외부인을 금방 알아차리고는 카메라 초점을 맞출 새도 없이 후다닥 숲으로 줄행랑친다는 점이다. 모든 것이 다 수동으로 작동되는 핫셀로는 역부족이라서 단 한 장의 사진도 제대로 찍지 못했다. 몇 번이나 공작새 무리와 숨바꼭질을 하면서 사원에 도착했다. 첫 느낌은 단순했다. 그래, 맞아. 우리나라 절과 구조가 흡사하구나! 불교가 인도에서 시작되었다는 것을 모르는 사람은 없다. 그럼에도 불구하고 우리는 중국을 통해 받아들여서인지 인도의 사원을 절과 연관 짓기가 쉽지 않다. 그래서 조금 충격적이었는지도 모르겠다. 나도 모르게 우리나라의 절이 원조라고 생각했던 것이다. 우리 전통문화가 불교의 영향을 많이 받았고, 불교의 기원은 인도에서 시작되었으니 우리 문화에 인도 문화가 스며들어 있는 것은 어쩌면 당연한 이치다.

사춘기 시절 나는, 다행스럽게도 사회에 반항적이기보다는 세상의 모든 지식을 알겠다며 책에 빠진 적이 있었다. 그 오만방자한 생각은 오래지 않아 한계와 마주했다. 책을 읽으면 읽을수록 세상의 모든 이치를 안다는 것은 불가능하다는 사실을 깨달았던 것이다. 인도 역시 마찬가지였다. 몇 년 동안 인도에 살았다는 이유로 인도를 잘 안다고 착각하고 있었다. 오래 입은 스웨터가 한 올 한 올 풀리는 것처럼, 인도에 관련된 이야기는 끊임없이 풀어져 나와 나를 혼란에 빠뜨렸다.

그래서 인도에 대해 잘 안다고 떠벌리는 사람을 믿지 않는다. 사기꾼이거나 허풍쟁이다. 인도의 한 부분을 잘 아는 것은 가능한 일이다. 그러나 무작정 잘 안다고 말하는 사람은 인도에 대해 정말 아무것도 제대로 알지 못하는 사람이다.

○ 물에 비친 산속의 꽃, 2011
부겐빌레아가 사원 연못에
자신을 비춰보고 있다.

　길에서 흔히 볼 수 있는 꽃 부겐빌레아(Bougainvillea)는 겨울이면 특히
꽃의 색깔이 짙어져서 말 그대로 눈부시게 아름답다. 별 감상 없이 지나
쳐 버리고는 했는데 이 산속에서 다시 만난 부겐빌레아는 먼지 한 점 없
이 선명하게 피어 꽃 터널을 이루고 있었다. 신기하게도 산꼭대기에 피어
있던 이 꽃이 사원 입구 연못에 그림자를 만들었다. 같은 시간, 다른 두 공
간에 존재하는 신통력을 보여준 것이다.

부자 사원, 가난한 사원의
크리슈나

구르가온이라는 도시는 생각보다 넓었다. 사원이 자리 잡고 있는 곳은 구르가온 서쪽 끝으로 델리와 경계를 이루는 지역이었다. 나의 '힌두사원 프로젝트'를 알고 있는 힌두교 선생님이 사원 한 곳을 소개해주기로 했다. 그전까지는 근처 작은 사원만 다녔기 때문에 대부분 규모가 작고, 설사 좀 크다 하더라고 사원의 환경은 엇비슷했다. 하지만 선생님과 함께 간 곳은 달랐다. 병들고 버려진 소, 주인 없는 거리의 소를 돌보는 것이 그 사원의 임무라고 해서 별 기대 없이 갔는데 구르가온에서도 손꼽힐 정도로 큰 사원이었다. 문제는 그런 '좀 괜찮다'는 사원은 촬영이 안 된다는 것이다. 인도에 오래 산 사람들은 말한다. "인도에서는 안 되는 일도 없고, 되는 일도 없다"고.

언제나 조용하고 침착하게 이야기하는 선생님이 이것저것 설명했다. 최상위 계급인 브라만인데다 연세가 많은 선생님의 지위는 사원에서 거의 free pass 같은 역할을 했다. 이곳 외에도 몇 군데 더 선생님과 함께 갔는데, 모두들 선생님의 말을 진지하게 들어주었다. 역시 안 되는 일은 없었다.

○ 크리슈나와 라다, Digital print, 24×24inch, 2011 / 머리부터 발끝까지 화려하게 치장된 크리슈나와 라다.

사원 안에 들어가서 보니 과연 지금까지 보아왔던 동네 사원들과는 차원이 달랐다. 넓은 정원은 깨끗하게 손질되어 있었고, 대리석 조각은 매끈하게 마감되어 사원에 모셔놓은 신들의 품격을 높여 주었다. 특히 크리슈나(Krishna) 상은 지금까지 본 것 중에서 단연 최고였다. 크리슈나의 특징이 피리를 불며 소를 모는 개구쟁이 소년이라는 점에서, 소를 위해 설립된 이 사원의 주신으로 모셔진 것이 당연한 일이다.

선생님의 설명에 의하면 이곳의 사제는 힌두교 대학을 나온 정통 브라만으로, 사원의 주인이라고 한다. 사찰의 주지 스님과 같다. 브라만은 태어남과 동시에 부여받는 지위라서 특별히 교육을 받을 것이라는 생각은

○가난한 사원의 크리슈나,
2011
신상을 모신 제단 앞도
부자 사원과는 대비된다.

하지 못했다.

집으로 돌아올 때 신기한 것을 보았다. 사원 가는 길에 농장이 많아 바로 옆에서 키운 신선한 채소와 과일을 내다 팔고 있었다. 구르가온에 이런 곳이 있으리라고는 상상도 못했는데 사람 사는 곳은 어디나 비슷한 모양이다. 도심의 시민들과 외곽 농촌의 농부들이 어울려 살아가는 것 말이다. 의정부에 살 당시에 시골길을 달리다가 오이도 사고 토마토도 사먹었던 추억이 떠올랐다. 그래, 인도도 사람 사는 곳이지. 제아무리 문화와 기후가 달라도 사람들은 서로서로 기대며 산다.

물론 부자 사원의 크리슈나는 섬세한 대리석 조각으로 수놓인 곳에서 화려한 옷으로 치장하고 사람들의 기도에 응답한다. 극과 극의 간격이 상상 이상으로 심한 인도의 현실을 여실히 보여주고 있다. 가장 인간적인 면을 지닌 신으로서 인간과 마찬가지로 희로애락(喜怒哀樂)을 겪지만, 약한 자의 수호신인 크리슈나는 언제 어디서나 똑같은 역할을 할 것이라 믿고 싶다. 비단옷을 입고 있든 아니든 말이다.

내 면

　평정심을 갖는다는 것이 얼마나 어려운 일인가. 언제나 잔잔한 호수처럼 평화롭고자 하나 북극의 칼바람이 휘몰아쳐서 꽁꽁 얼어붙게 만들기도 하고, 예고 없이 폭풍우가 몰려와 호수를 진흙탕으로 만들어 놓는다. 심하면 호수가 넘쳐 엉뚱한 사람들에게 피해를 입히기도 한다. 그러나 호수가 바다처럼 넓다면 쉽게 얼지도, 쉽게 넘치지도 않을 것이다.

　부드러운 아침 햇살에 따스한 온기를 품은 이 나무는 늘 고요하고자 하는 나의 마음과 같다. 나무 역시 호수와 마찬가지다. 그 그늘이 깊어 지나가던 새까지 품어줄 수 있지만 태풍에 가지가 부러져 나가기도 하고 심하면 뿌리가 뽑히기도 한다. 주변 환경이 제아무리 요동쳐도 내면만큼은 고요하게 유지할 수 없을까.

● 밝은 아침햇살을 받아 담벼락에 그림자를 드리운 보리수 나무.

인 면 링 가

    시바의 상징, 링가(Linga). 힌두사원을 처음 접했을 때 참으로 낯설고 낯설었던 광경이 바로 이 링가다. 여성 성기 모양의 요니 위에 설치된 남성 성기 모양의 링가에 기름을 부어 어루만지며 기도하는 여인들, 젊은 청년들을 보고 있자면 현대인의 기준에서 도저히 힌두교를 이해할 수 없을 것 같다는 생각이 들기도 했다.

    그들에게는 너무나 일상적인 행동이 외부인들에게는 문화적 충격을 안겨주기도 한다. 인도의 공식 구호가 "Incredible India!"이다. "신기한 나라 인도" 정도의 의미로 해석될 수 있다. 믿을 수 없을 만큼 신기한 나라 인도. 누가 정했는지 모르지만, 한마디로 인도를 제대로 표현했다.

    힌두사원 프로젝트를 진행하면서 링가 사진이 빠지면 안 될 듯하여 가는 곳마다 매번 사진을 찍었다. 그동안 다녔던 수십 군데의 사원 중에서 링가가 없는 곳은 보지 못했다. 각 사원마다 모시는 신은 달라도 링가는 거의 공통적으로 다 있었다. 각양각색의 크기와 모양을 하고 있어서 대단히 흥미로웠지만, 마음에 드는 사진 한 장이 없었다. 링가를 찍은 수십 장의 사진 중 유일하게 마음에 드는 사진이다.

◐ 인면 링가, Digital print,
24×24inch, 2011
사람 얼굴 모양으로 조각된
특이한 링가.

사원은 고민상담소

로또 맞을 확률 814만 분의 1, 벼락 맞을 확률 180만 분의 1.

우리 인생에 결코 일어날 것 같지 않은 일이 일어났을 때, 이런 확률보다 적다고 말한다. 하지만 교통사고, 암 발병, 태풍이나 지진으로 인한 피해 등 도무지 내게는 일어날 것 같지 않던 일들이 나나 가까운 사람들에게 일어날 수 있다. 평상시에 자잘하게 생기는 고민이나, 예측할 수 없는 일들로 고통을 겪게 될 때 사람들은 종교를 찾는다.

이 여인은 이른 아침부터 무슨 고민이 있어 사원을 찾았을까. 사원 이곳저곳을 찍으면서 계속 똑같은 질문이 떠올랐다. 얼마나 힘들고 지쳤으면 모든 일 다 제쳐두고 아침 일찍 사원에 찾아와 상담을 하는 것일까 하는 생각에 마음이 아려왔다.

안락한 차 안에서 바라보는 인도 거리에서는 심심찮게 안타까운 풍경이 펼쳐진다. 길가에 자리만 있으면 솥 하나 달랑 걸어놓고 음식을 만드는 여인들이 보인다. 그 옆에 신발도 없이 뛰노는 아이들까지 있으면 속이 상한다. 인도에 사는 동안 가장 힘들었던 일 중의 하나가 가난한 이들의 적나라한 삶을 목격하는 일이었다.

인도 땅에 처음 발을 내딛은 사람들은 도저히 눈뜨고 볼 수 없는 남루한 사람들에게 동전 몇 개라도 주게 되지만, 그것도 하루 이틀이지 그런 일이 반복될수록 무뎌지고 돈 액수도 감당이 되지 않아 도움 주기를 포기하고 외면하게 된다. 끊임없이 구걸하며 달려드는 그들에게 질려 순수한 측은지심은 사라지고 짜증으로 바뀌어버리는 것이다. '내가 나서서 무엇을 할 수 있겠는가' 하는 생각에 빠지기도 한다.

지금에 와서 생각하면 모든 것이 핑계고 변명에 지나지 않았다. 나는 단 한 번도 차에서 내려 그들의 처지를 살피고 작은 위로나 도움의 손길을 보낸 적이 없다. 모든 가난한 이들을 구제할 수는 없어도, 굶주린 아이에게 빵 한 조각을 나눠주고 추위에 떠는 아이에게 양말 한 켤레라도 줄 수 있었을 텐데…. 그저 마음뿐이었던 것이다. 언젠가 한 번 엄마 품에 안겨 있던 아이에게 겨우 사탕 한 개를 준 적이 있었다. 세상에서 제일 행복한 표정을 짓던 그 아이의 미소를 잊어버릴 수가 없다. 자신의 신념을 행동으로 옮긴 테레사(Teresa) 수녀나 이태석 신부는 진정 위대한 영혼이다. 행동으로 옮기지 않는 생각은 아무런 의미도 가지지 못한다.

사원을 방문했던 기억이 어떤 때는 바로 어제 일처럼 생생할 때가 있
고, 또 어떤 때는 사진이 없었다면 그곳에 갔는지조차 기억나지 않을 만
큼 완전 백지상태가 되기도 한다. 이 사원을 어떻게 가게 되었는지는 전
혀 생각나지 않는다. 참으로 신비한 인간의 두뇌구조다. 구르가온에서
델리로 넘어 가는 경계에 위치해 있어 누가 가르쳐 주지 않는 한 찾아가
기 힘들 만큼 먼 곳이었는데도 말이다. 길을 가다가 쉽게 보이는 대부분
의 사원은 이미 거의 다 가보았기 때문에 그 즈음에는 새로운 사원을 주
변에서 소개 받아 찾아가고는 했는데, 누가 이야기해 준 것인지 도통 기
억이 안 난다. 이곳은 내가 살던 동네에서 먼 거리였음에도 불구하고 세
번이나 찾아갔다. 사진을 찍고 나서 확인해 보면 느낌이 살지 않아서 가
고 또 갔던 곳이다.

대상 자체가 흥미롭지 못하면 사진이 마음에 들지 않아도 다시 찾아가
지 않는다. 아침 빛과 저녁 빛이 다르기 때문에 장소는 마음에 들었지만
사진이 안 좋으면 여러 번 갈 수밖에 없다. 샤니(Shani)에 대해 알기 전에
는 온통 검은색으로 칠해진 곳이 어떤 곳인지 몰랐다. 검은색이 주는 위
압감 때문에 범접하기 힘든 공간처럼 느껴졌다. 알고 보니 이유가 있었

◐ 정의의 신 샤니, Digital print, 30×100inch, 2011
죄를 심판하는 무서운 신이 화려하게 옷을 입고 있다.

다. 샤니는 인간들이 나쁜 짓을 하면 – 가령 도둑질 같은 – 그 자리에서
벌을 내리는 아주 무시무시한 신이었던 것이다. 이 신이 관장하는 지역에
서는 처벌이 두려워 나쁜 짓을 하지 않기 때문에 대문을 다 열어 놓고 산
다고 한다.

언제부터인가 크리스마스는 전 세계인의 축제가 되었다. 인도도 예외
는 아니다. 영악한 상인들이 이처럼 좋은 마케팅 기회를 절대로 놓치지
않을 테니까. 기독교 신자는 아니지만, 쇼핑몰 입구에 서 있는 크리스마
스트리나 건물 외벽에 장식된 꼬마전구를 보고 있으면 이상하게도 서울
생각이 더 많이 나고는 했다. '한 해가 또 저물고 있구나. 지금쯤이면 거
리에는 온통 크리스마스 캐럴이 나오고 사람들은 서로서로 연락해서 망
년회 하기 바쁘겠지. 그런데 나는 이역만리 타국에서, 그것도 온기라고
는 찾아볼 수 없는 집 안에서 두툼한 겨울옷을 입고도 몸을 웅크린 채 떨
고 있기만 하다니.

　쓸쓸한 마음을 가득 품고 사진을 찍으러 간 날 이 사원을 만났다. 오~
놀라워라. 힌두교에서 크리스마스를 이렇게 받아들이고 있을 줄이야. 수
천 년을 인도인의 삶 속에 녹아온 그 저력으로 적응의 극치를 보여준 것
이다.

○ 힌두교와 크리스마스, Digital print, 20×20inch, 2011 / 크리스마스 트리로 장식된 사원의 람과 시타.

제인 사원의 평온

구루가온에서 델리로 넘어가다 보면 공간의 변화가 드라마틱하게 펼쳐진다. 야생의 숲이 나오는가 하면 어느새 전쟁으로 인해 폭격 맞은 듯 거의 다 부서진 건물이 나와 놀라기도 한다. 본격적으로 델리 시내에 진입하기 전 왼쪽 편 골목으로 들어가면 이 사원이 나온다.

나는 어렸을 때부터 저 길의 끝이 어디인지 궁금해 했던 경험이 있다. 내가 살던 동네에서도 골목길이 보이면 그 끝에 무엇이 있는지 알고 싶은 마음에 무작정 여기저기 걸어 다녔다. 이 사원 역시 마찬가지였다. 누가가 보라서 해서 간 곳이 아니라 순전히 호기심 덕분에 발견한 이 제인 사원은 마치 우리나라 절에 간 듯한 분위기였다. 우리에게 자이나교로 알려진 이 종교의 핵심은 '아힘사', 불살생으로 생명존중을 그 기본으로 한다. 그래서인지 사람들도 배타적이지 않고 모두 친절했다. 특히 법당 같은 넓은 홀에 홀로 앉아 있어도 누가 뭐라는 사람이 없었다. 힌두사원의 소란함이나 복잡함이 전혀 없이 깨끗하고 조용했다.

자이나교에서 말하는 불살생은 단순히 생명을 죽이지 않는 것으로 그치는 것이 아니라 좀 더 포괄적인 의미를 담고 있다. 살아 있는 생명을 죽이지 말라는 것이 가장 큰 핵심이지만 살아 있는 생물에 가해지는 모든

⟳ 조각이 아름다운 제인 사원의 넓은 법당.

⊙ 사원에 모셔진 신상.
⊙ 법당 안에 있던 책상 위에
스님의 염주도 보인다.

폭력을 행하지 말라는 뜻이 담겨 있다. 김미숙의 『불살생의 이론과 실천』에 보면 좀 더 명확하게 나와 있다. 몸에 가해지는 물리적 폭력과 상해 뿐만 아니라 마음과 행해지는 폭언과 정신적 상해도 문제가 되는 것이다. 이런 자이나교의 불살생 사상을 기본으로 간디의 비폭력 운동이 시작되었다고 한다.

자이나교의 설립시기가 2천 5백 년이 넘었다는 점을 감안해 볼 때 그 옛날에도 물리적 폭력과 정신적 폭력을 동일하게 다루었다는 점이 참으로 놀랍기까지 하다. 오늘날 법 감정보다 훨씬 더 발달된 사상이라고 볼 수 있다.

나는 특정 종교를 믿지 않는다. 인도에서는 힌두교가 아닌 기독교나 이슬람 신자라고 하면 뭐라 하지 않지만 나처럼 종교가 없다는 사람들은 이해하지 못한다. 하지만 종교가 없다는 것은 편견이 없다는 말이기도 하다. 나는 어디를 가나 그 상태로 즐기고 각각의 종교를 존중할 뿐이다. 교회를 가든 절에 가든 늘 조금의 성의라도 표시하는 습관도 가지고 있다. 어떨 때는 거창하게 세계 평화를 빌어 보기도 한다. 요즘 세상은 내 마음만 편하다고 진정 평화가 오는 것이 아니라는 것을 알고 있기 때문이다.

나와 같은 사람을 영어로는 freethinker라고 한다. 단어 뜻 그대로 자유롭게 생각한다는 것이다. 다른 사람에게 강요하지 않고 배척하지도 않는다. 평화롭게 공존하고픈 내 나름대로의 종교다.

인 도 의 본 모 습

　인도의 본모습은 얽히고설켜 아무것도 보이지 않다가 열심히 비집고 들어가면 그 안에 무언가 있는 이 사진과 같다. 정체가 무엇인지 정확히 모르겠지만 있기는 있다. 그렇다 보니 그 무엇은 잔가지를 하나씩 들춰내며 찾아가는 사람 모두에게 다르게 보인다. 그래서 '그것이 이것이다'라고 정확히 말할 수 없기도 하다.

　또 하늘에 떠 있는 별만큼이나 다양하다. 어떤 사람에게는 북두칠성이 '7'자로 보이고, 또 어떤 사람에게는 국자로도 보이듯, 보는 이에 따라 인도의 본모습은 다양하게 바뀐다. 그것은 아마도 내 안에 무엇을 가지고 있느냐에 달려 있을 것이다. 사람은 보통 자기가 보고 싶은 것만 보려는 아주 강한 속성을 가지고 있다.

○ 생각나무, Digital print, 24×24inch, 2011 / 지붕이 독특한 사원과 나무.

하 레 크 리 슈 나   사 원

델리에는 크고 역사가 깊은 사원들이 많다. 그런 사원들은 사진 찍는 것을 허용하지 않는 경우가 많고, 심한 경우 외국인 혹은 관광객의 입장 조차 거부하기도 한다. 그래서 델리에 있는 사원은 사전 정보가 있거나 누군가 알려준 곳이 아니면 찾아가지 않았다.

하레 크리슈나(Hare Krishna) 사원을 알려준 사람은 빠라스 병원 정형외과 의사였다. 어깨가 아파서 찾아간 병원에서 진료를 받다가 정통 힌두 달력이 걸려 있는 것을 보게 되었다. 의사 진료실에서 마주한 광경이 특이해 내가 힌두사원 프로젝트를 진행 중이라고 이야기하자 그는 "그렇다면 델리에 있는 이 사원을 꼭 가보라"고 일러 주었다.

처음 그 의사의 말을 듣고 일말의 의문을 가졌다. 명색이 의사라면 최고의 지성인이자 과학적인 사고를 가진 사람인데, 미신적인 측면이 다분한 종교를 가지고 있다는 것이 의아했다. 힌두교는 얼핏 겉모습만 보면 도저히 종교로 받아들이기 어려울 만큼 토속적인 색채가 강해 미신으로 보일 수 있기 때문이다. 힌두교의 교리는 굉장히 과학적이고 철학적인 반면 그 내용이나 형식은 원시적이고 주술적이다. 어찌 보면 서양 중심의 지나친 편견인지도 모르겠다. 교회나 성당의 장식은 성스럽고 그 외의 종

○ 하레크리쉬나 사원, 2011
사원의 규모만큼이나 크고
화려한 조명.

교는 모두 우상숭배나 미신으로 치부하는 그들의 사고방식에 나도 모르
는 사이 세뇌되어 내 의식을 지배하게 된 것도 같다.

하레 크리슈나 사원은 명칭 그대로 크리슈나를 숭배하는 힌두교의 신
흥 종파라 할 수 있다. "하레 크리슈나"를 반복 암송하면 모든 일이 이루
어진다는 단순한 교리다. 평등사상, 간단한 의식 덕분에 전 세계에 퍼져
있다. 특히 그들의 의례에서 중요한 것은, 종교에 상관없이 사원에 방문
한 사람 모두가 음식을 나눠 먹는 것이다.

◐ 봉헌, Digital print, 40×40inch, 2011 / 제단 위의 여신이 마치 춤을 추는 듯하다.

사원에 도착해 보니 지금까지 구르가온 근처 사원을 다니면서 보아왔던 것과는 차원이 달랐다. 건물의 웅장함, 실내의 세밀한 장식, 다양한 외국인 방문객, 견학 온 학생들, 그 모든 것이 놀라웠다. 다행히 이곳을 알려준 의사가 미리 사원 관계자에게 나에 대한 부탁을 해 놓아서 그분의 안내를 받으며 넓은 사원 구석구석을 돌아볼 수 있었다.

종교를 갖는다는 것은 무엇일까. 의심 많은 회의론자라서 쉽게 세상의 진리를 믿지 못하는 나 같은 사람에게 종교는 단지 생활의 또 다른 양상일 뿐이다. 근원적으로 들어가 신의 존재를 인정하느냐, 안 하느냐는 그리 중요하지 않다. 단순히 나는 종교를 '갖지 않았고', 누군가는 종교를 '가졌을 뿐'이다. 세상에는 다양한 방식의 삶이 존재한다. 똑같은 삶은 하나도 없다. 서로가 상대방의 생활을 존중하면 그만이다. 그들에게 "단순히 '하레 크리슈나'라는 말만 되풀이한다고 어떻게 소원이 이루어지느냐"고 따질 필요가 없는 것이다.

제일 유명한 교도 중 한 사람이 바로 1969년에 신자가 된 비틀즈 멤버 조지 해리슨인데, 그가 사망했을 때 힌두교 식으로 갠지스 강가에서 장례식을 치르기도 했다. 최근 스티브 잡스가 미국에 있는 이 사원에서 매주 공짜로 주는 점심을 먹으러 다녔다고 해서 유명해졌다.

◐ 소, Digital print, 24×24inch, 2011 / 사원에 모셔진 소의 위엄 있는 자태.

널리 알려진 대로, 인도에서는 소가 사람보다 우선이다. 자동차는 차도, 사람은 인도로만 다니는 반면 소는 제멋대로 가고 싶은 길 다 다닐 수 있다. 동물로 태어나 신으로 대접 받고 있는 인도 소들이야말로 세상에서 제일 행복한 동물 아닐까?

소를 이토록 신성하게 모셔놓은 사원이 있다는 점에서 대단히 인상적이다. 지금까지 다녔던 곳과는 외양과 내부 모두 달랐다. 아무리 생각해도 인도는 신기한 나라다.

PART 2

사 원 의 봄

길을 가다가도 멀리 사원이 보이면 무작정 들어갔다. 사원이 웅장하고 역사가 깊고… 뭐 이런 것은 전혀 중요하지 않았으니까.

어느 따뜻한 봄날, 교외의 도로를 지나다가 저 멀리 산 밑으로 사원의 탑이 신기루처럼 눈에 들어왔다. 가는 길은 확실히 알 수 없었지만, 탑과 사원 중간에 위치한 집 몇 채를 향해 무작정 달려갔다.

우리가 도착하자 사람들이 어디선가 한두 명씩 소리 없이 나타났다. 10분도 채 되지 않아 근처에 사는 모든 아이들이 다 나온 것 같았다. 인도 어디를 가나 키 큰 동양인 여자와, 통통한 아기는 아주 특이한 존재였다. 우리가 인도를 구경하는 것이 아니라 인도인들이 우리를 구경하는 경우가 더 많았는지도 모른다. 서울에서라면 너무 평범해서 눈에 띄지도 않을 존재인데 인도라는 넓은 땅에서 우리는 눈에 띄는 모녀였다. 수적으로도 우리가 열세였으니, 분명 그들에게 구경거리였을 것이다. 이 아이들은 차를 타고 시내로 나온 적이 있었을까? 관광지도 아닌 도시 외곽이라 차를 타고 시내에 나온 적이 있었더라도 동양인을 만나기란 쉽지 않았을 것이다.

◐ 초록빛 밀밭 사이로 보이는
언덕 위의 사원.

　우리를 구경 나온 많은 사람들 중 어르신에게 자초지종을 설명하고 사
원에 가고 싶다고 말했다. 사원까지 차로 갈 수는 있지만 길이 험하고, 멀
리 돌아가야 한다는 대답이 돌아왔다. 비포장도로가 대부분이다 보니 차
로 가다가 예기치 못한 사고가 날 수도 있어 그냥 걸어가기로 했다. 만약
중간에 차가 고장이라도 나면 오늘 안에 집으로 돌아가지 못하는 불상사
가 생길지도 몰랐다. 그러자 어르신께서 사원까지 가는 길을 본인이 직접
안내해 주겠다며 앞서 걷기 시작했다. 덕분에 인도에서 푸르른 밀밭 사이
를 거니는 호사를 누렸다. 서울에서 살아도 경험하기 힘든 봄날의 밀밭
길을 걷다 보니 오래전에 돌아가신 할아버지 생각이 났다. 뭐든지 말씀

⭕ 제각기 다른 표정과 자세로 포즈를 취한 모습.

대신 행동으로 보여주셨던 할아버지. 할아버지 뒤를 졸졸 따라 싱그러운 5월에 좁은 논길을 조심조심 걷던 기억이, 머나먼 인도 땅에서 다시 살아 났다. 어르신의 외모도 우리 할아버지와 크게 다르지 않았다.

그동안 강퍅한 신흥도시에 사느라 인도인에 대해 부정적인 시각을 갖고 있었다. 오직 돈을 벌기 위해 인도 전역에서 모여든 사람들이 대부분인 구르가온이라는 도시. 수많은 인도인들이 외국인을 속이고 또 속여서 이익을 추구하려 했다. 그들에게 당하지 않기 위해 얼마나 신경을 곤두세우고 불신의 벽을 높이 높이 쌓았는지 모른다. 세계 어느 대도시나 익명성이라는 검은 우산 아래 인간의 선한 본성을 잃어버리고 물질 만능주의에 지배당해 서로를 일회성 물건으로 취급하기 일쑤다. 그사이에 인간의 정, 배려, 믿음이라는 가치가 끼어들 여지가 전혀 없는 사회가 되어 버리기도 했다.

대도시와는 달리 시골은 서로를 너무 잘 알기에 배신하거나 속일 수 없다. 오히려 힘든 농사일에 이웃은 도움이 되는 고마운 존재다. 그러니 사람 사는 정이 두터울 수밖에 없다. 어느 봄날, 이름도 모르는 이 시골 마을에서 보낸 한나절은 투박한 소쿠리에 흙 묻은 감자가 가득 들어 있는 선물과 같은 날이었다. 호기심 가득한 아이들의 초롱초롱한 눈빛은 또 얼마나 아름다운가.

귀여운 스토커

내 사진 속에 너 있다! 사진 속 경례를 하는 녀석이다. 인도 관광지에서는 도리어 우리가 구경거리인 경우도 있고, 호기심 가득한 아이들은 하던 일도 멈추고 우리를 따라다니기도 한다. 하지만 이 녀석만큼 끈질기게 우리 일행을 따라다닌 경우는 없었다. 친구와 함께 포즈를 잡으며 자기를 찍어달라고 하도 부탁해서 찍어준 적도 있지만, 이렇게 모든 사진 속에 숨어 있을 줄은 몰랐다.

녀석이 나의 귀여운 스토커였는지 그때는 잘 몰랐다. 외국인을 따라다니면서 신기해하는 아이들 중 한 명이라고만 여겼다. 나는 평소 소심함 때문에 사람을 잘 찍지 않는 편이고, 어쩔 수 없이 사람을 찍게 되면 재빨리 결과물에 대한 미련을 버리는 스타일이다. 마운트 아부에서 이 산 꼭대기에 있는 힌두사원으로 올라가는 동안에는 어쩔 수 없이 사람을 찍어야 했다. 사람들이 줄지어 올라가기 때문에 아무도 없는 틈을 타서 찍을 재간이 없었다.

영화 〈Blow Up〉에도 비슷한 장면이 나온다. 전체적인 사진의 맥을 짚으며 사진을 찍다 보면 세세한 부분까지는 체크하지 못한다. 영화 속에서도 마찬가지였다. 필름을 현상하고 확대해 보기 전까지는 무슨 일이 벌어졌는지 알지 못했던 것이다.

나 역시 컴퓨터로 확대해 본 후에야 귀여운 스토커가 있었다는 사실을 알게 되었다. 사진 찍는 것을 알고 경례까지 한 것을 보니, 그 녀석 참 맹랑하다는 생각이 들었다. 유난히 눈빛이 초롱초롱 한 아이였는데 잘 지내고 있을지 궁금하다.

거 대 한 사 원

이 여인은 왜 이토록 슬퍼 보이는 것일까?

사랑하는 딸, 여동생과 함께 이 거대한 신상이 있는 사원에 서서 사진을 찍으면서도 얼굴 가득 지은 미소 뒤에는 그보다 더 큰 슬픔이 자리 잡고 있는 듯하다.

델리에서 겨울을 난다는 것, 낮은 계급의 여인으로 델리에서 산다는 것, 그 두 가지만으로도 슬픔의 항아리는 반쯤 차버릴 것이다. 얼음이 어는 영하의 기온으로 절대 떨어지지 않는 델리의 겨울 날씨는, 그러나 사람의 혼을 얼릴 만큼 스산하다. 지금도 델리의 겨울을 생각하면 온몸이 움츠러들며 안개와 같은 슬픔, 헛된 희망이 스멀스멀 피어오른다.

이 사원은 구르가온에서 델리로 가는 고속도로 옆에 있어서 호기심을 자극하는 곳이었다. 멀리서 봐도 조각상들이 대단히 거대해서 언제가 한번은 가 봐야지 했다. 역사적 가치나 미학적인 요소는 없을지라도, 그 크기로 사람들을 압도했기 때문에 외국인 관광객들이 많이 찾는다. 신심이 깊은 힌두교 신자들도 꼭 한 번 가보고 싶어 한다. 이 여인 역시 일상의 고단함을 뒤로 한 채 관광길에 나섰음에도 불구하고 현실의 모든 고난을 잊

지는 못했나 보다. 인도 여인들의 극단적인 삶을 보노라면 세상이 불공평
하다는 느낌이 든다. 어찌하여 그렇게 다른 운명 속에 살아야 한다는 말
인가.

　가난한 여인들은 고가도로 밑에서 남들이 보든 말든 옷을 입은 채 샤
워를 하고, 부잣집 여인들은 수많은 도우미를 거느리며 여왕처럼 살아간
다. 인도에 살면 살수록 그 괴리감 때문에 머리가 혼란해져 온다.

두 여인

집 짓는 건축 현장에서 제일 많이 볼 수 있는 일꾼이 바로 여자들과 당나귀다. 이상하게도 인도에서는 머리에 벽돌을 이고 지고 나르는 그 험한 일을 대부분 여자와 당나귀들이 한다. 오죽하면 한국사람들이 당나귀를 건설의 역군이라고 부를까. 당나귀는 그렇다쳐도 여자들이 건설현장에서 일하는 모습은 참으로 낯설다. 특히 그런 여자들 옆에는 서너 살 된 아이들이 위험한 건설현장에서 신발도 신지 않은 채 흙장난을 하며 노는 경우가 대부분이기 때문에 안쓰러운 마음이 일기 마련이다. 인도 전역 도처에 이해할 수 없는 일들이 많이 일어나지만 우리나라와 다른 점 하나는 서비스업종의 종사자가 대부분 남자라는 사실이다. 제일 황당했던 것 중의 하나도 상점에 갔을 때 물이나 차를 내오는 직원들도 전부 어린 남자아이들이었고, 엘리베이터 안에서 버튼을 조작하는 사람들도 다 남자였다.

이 사진을 찍으러 사원에 갔을 때도 마찬가지였다. 허드렛일을 여자들이 하고 있었다. 겉에서 본 사원은 공사 중이라서 칙칙한 시멘트가 그대로 노출되어 있고, 위험한 쇠파이프까지 삐쭉삐쭉 튀어나와 있어 접근하기 쉽지 않았다. 머리에 흙더미를 이고 일하는 여인을 보자 카메라를 들고 사진을 찍는다는 행위 자체가 마음에 걸려 그냥 집으로 돌아갈까 하는 생각이 들었지만, 사원의 속을 보지 않고 돌아간다는 것도 의미가 없는 것 같아 천천히 걸음을 옮겼다. 힌두사원답지 않게 정갈한 복도를 지나서 사원 안에 들어가서는 깜짝 놀라고 말았다. 비록 인형이지만 사원 안의 여인은 눈이 부셔져 바라보지 못할 만큼 화려하게 성장을 한 모습이었다. 여러 사원을 다녀봤지만 이렇듯 머리부터 발끝까지 반짝이는 완벽한

● 건축현장에서 머리 위에
흙을 이고 나르는 여인.

○ 온몸에서 광채를 뿜어내는
크리슈나의 연인 라다.

모습은 특이한 경우였다. 물론 이 두 여인을 동등 비교할 수는 없는 일이
다. 한 여인은 평범한 일반 여인이고 한 여인은 신의 연인인 라다 여신이
기 때문이다.

다른 종교와 달리 힌두교에서 여신의 존재는 남신과 거의 동등하거나
강력한 파워를 지닌 존재인데, 현실 속의 여인들은 가혹할 정도로 형편없
는 대접을 받고 있다. 물론 카스트가 낮은 여자들에 한해서이다. 같은 여
자라도 카스트가 높으면 거의 공주 같은 환경 속에 살며 손끝에 물 한 방
울 안 묻히고 생활하기도 한다.

카스트가 높건 낮건 남자들의 행동과 사고에 따라 여자들이 운명이 바뀌는 것은 똑같다. 가장 잔인한 풍습 두 가지를 들라면 명예살인과 사띠(sati)다. 해외토픽을 통해서 명예살인은 많이 들어 봤을 것이다. 집안의 반대를 물리치고 결혼하거나, 자유연애를 할 경우 아버지나 집안의 남자 형제들이 문제 일으킨 여자를 죽이는 것이다. 사띠의 경우 남편이 죽어서 화장을 할 때 그 불길 속으로 부인을 밀어 넣어 강제로 화형시키는 끔찍한 행위다. 그 괴로운 비명소리를 듣고 식민지 지배자인 영국인들이 너무 놀라서 사띠 제도를 근절시키기 위해 무진 애를 썼다고 한다. 현재는 대부분의 경우 그런 야만적인 풍습은 사라졌지만 그럼에도 불구하고 아직도 인도 어디선가에서는 그런 일이 벌어져 신문지면을 차지하기도 한다. 사띠가 시행되었다는 뉴스는 일 년에 한 번 볼까 말까 할 만큼 흔한 일이 아니었지만, 명예살인은 한 달에 한 번 꼴로 뉴스에 나올 정도로 현재 진행형이라는 데 문제가 있다. 가족을 죽이는 것은 그 어떠한 경우라도 명예로울 수 없다. 아무리 생각에 생각을 거듭해도 도저히 이해 불가능한 인도의 풍습이다.

사 원 의 주 인

　사원에 가면 사원의 주인인 사제가 있다. 우리나라의 절을 떠 올리면 된다. 큰 절에 가면 그에 맞는 제도와 예법이 있어 복잡하지만 작은 절에 가면 개인 소유화되어 있는 경우가 많아 한 사람이 거의 관리하는 것과 같다. 힌두사원도 마찬가지다. 작은 곳일수록 개인소유가 확고해 자식에게 물려주거나 다른 사람에게 양도가 가능하다고 한다. 그리고 이런 곳에는 제대로 브라만 사제복을 입지 않은 사람들이 사원을 지키고 있었다.

　사원에서 찍은 대부분의 사진들에 사람이 나오는 경우가 거의 없다. 사람 없는 곳에서 혼자 조용히 작업하는 것을 좋아하기도 했고, 낯선 사람에게 먼저 말을 걸고 사진을 찍는 과정이 영 불편하기 때문에 시도조차 하지 않았다. 그러고 보니 단 한 장도 인물 사진을 대놓고 찍은 적이 없다. 이 사진 역시 마찬가지다. 주변의 힌두 신상을 찍으면서 자연스럽게 실내 풍경을 찍다 보니 앉아 있던 사제가 찍힌 것이다. 내가 사진 찍는 것을 알고 이 분 역시 적극적으로 만류하거나 싫은 내색을 하지 않고 약간 불편한 듯 고개를 돌렸을 뿐이다. 유독 이 방을 찍게 된 이유는 방 안의 모든 것들이 어디서 본 듯한 데자뷰 현상을 일으켰기 때문이다. 이유는 단지 앉은뱅이 책상 하나다. 작은 가구 한 점이 방 안의 분위기를 압도하고 있

○ 사원 안을 지키고 있는 사제.

는 것이다. 인도와 우리는 이런 좌식문화까지도 비슷하다. 심지어는 왕
들이 연회를 베풀 때도 우리처럼 앉아서 각자 한 상씩 받았다고 한다.

　이곳에서 어렸을 때 엄마와 같이 갔던 점집이 떠올랐다. 살아가는 일이
너무 고되고 앞날의 희망이 보이지 않을 때 혹시나 미래에는 좋은 소식이
기다리고 있을까 싶어서 찾아갔던 점집. 곰곰이 생각해 보면 분위기는 하
나도 비슷한 것이 없는데도 나는 그 사제 앞에 앉아서 뭔가 이야기하고
위로 받아야 할 것만 같았다. 예전에 점쟁이 앞에서 힘든 이야기를 하고
어떻게 하면 이 난관을 헤쳐나갈 수 있을지 물어 봤던 것처럼 말이다.

신 들 도 춥 다

델리의 겨울은 스산하다. 추운 것과 스산한 것은 다른 개념이다. 집안의 바닥은 대리석이나 타일이고 벽은 시멘트 위에 페인트로 칠했고, 창문은 틀이 잘 맞지 않아 바람이고 먼지고 무사통과 하니 추울 수밖에 없다. 그렇다 보니 한낮의 기온이 밖에는 20도가 넘어가도 집 안에서는 오리털 파카를 입어야 할 만큼 썰렁하다. 영하 4도가 아닌 영상 4도만 되어도 학교는 문을 닫는다. 영하 10도 이하의 추위에도 익숙한 우리에게 영하도 아닌 영상 4도에 온 나라가 추위에 대비하는 모습이 정말 기이하다. 하지만 더위에 익숙하고 난방이 전혀 안 된 시설 때문에 어쩔 수 없다.

이날도 아침에는 무척 쌀쌀했다. 남자들이 머플러를 머리에 완전 뒤집어쓰고, 커다란 숄을 두른 채 추워서 제대로 움직이지도 못할 만큼 움츠리고 곳곳에서 빛 바라기를 하고 있었다. 동네 사원은 거의 다 섭렵한 터라 조금 멀리 갔다. 외곽에는 신도시로 개발했기에 아파트가 대부분이었는데, 그 아파트 숲 사이에 자리한 사원은 예상보다 컸다. 더군다나 특이하게도 정통 힌두 신을 주신으로 모신 것이 아니라 사이바바(Saibaba)라는 사람을 모시고 있었다.

3억 명이 넘는다는 힌두 신 속에 사원이든, 사람이든 각자가 모시는 주신이 있고 그 옆에는 또 다른 신을 모시고 있었다. 똑같은 사원은 단 한 곳도 없다고 보면 된다. 사원의 건축양식, 신들의 배치 등 모두 다 다르다. 그렇다 하더라도 사이바바는 특이한 경우다. 19세기에 태어나 신으로 추앙받았으니, 가장 최근에 신격화된 인물이다. 그런데 20세기에 태어난 사이바바도 19세기의 사이바바 못지않게 큰 세력을 갖고 있다는 점에서 혼동되기도 한다.

이 사원은 19세기 사이바바인 쉬르디 사이바바(Shirdi Sai Baba)를 모신 곳이다. 외형적으로 19세기 사이바바는 마른 체형에 흰 두건을 쓰고 흰 가운 하나만 걸친 빈자의 모습이고 20세기 사이바바(Sathya Saibaba)는 주황색 가운에 머리는 마치 흑인처럼 부풀어 있고 체형도 비만에 가깝다. 길거리에서 쉬르디 사이바바 사진을 본 적은 많이 있었지만, 이렇듯 제대로 된 사원 안에 거대한 이미지로 모셔진 곳은 처음이었다.

사원 본당 안에는 커다란 사이바바의 사진이 걸려 있고 사원 벽 주위에는 작은 규모의 신들이 있었다. 그런데 이상하게도 모든 신상들은 하얀 천으로 온몸을 감싸 놓았다. 무슨 특별한 이유가 있는 줄 알고 관계자에게 물어 보니, 대답은 한 자릿수 산수 문제를 푸는 것만큼 간단했다. 신들도 추우니까 춥지 말라고 덮어 놓았다는 것이다.

이방인의 눈에는 그저 귀여운 인형으로 보일지 몰라도 그들에게 신의 형상은 형상 그 자체만으로도 귀하고 성스럽기 때문에 최대한 편안하게 모셔야 하는 것이다. 신들이 대단한 능력을 지녔음에도 불구하고 인간적인 따스함으로 감싸고 있었다.

인생의 네 가지 단계

이 사원 앞 공터는 유독 더럽고 또 더러웠다. 동물들의 오물과 인간들이 버린 쓰레기가 뒤섞여 걷기는 불가능했고 차를 타고 지나가는데도 온몸에 시커먼 똥물이 튀는 기분이었다. 인도에 살려면 극한의 더러움에도 익숙해져야 한다. 어쩌다 며칠 여행하는 방랑자가 아닌 거주자라면 더더욱 그렇다. 그 더러운 동네 옆에 이 사원이 있었다. 잊으려야 잊을 수 없는 사원이다. 가장 힌두교적인 사원이기도 했다. 수염을 기른 사제가 아이들에게 축복을 내려주기도 하고 생활고를 겪는 여인을 상담해 주던 모습에서, '종교란 이런 것이구나' 하고 느끼게 해주었다.

특히 이 사제를 보면서 힌두교에서 말하는 인생의 네 가지 단계가 떠올랐다. 힌두교 최고의 계급인 브라만에게는 인생의 네 가지 단계가 있다고 한다. 물론 성직자가 아닌 일반인들도 행해야 할 인생의 주기가 있지만 신의 대리자인 브라만에게는 더욱 요구되는 항목이었다.

첫 번째는 범행기(brahmachari), 성직자가 되기 위해 혹은 어른이 되기 위해 배움에 정진해야 하는 시기다. 두 번째는 가주기(grahasthya), 가족을 돌보며 신에게 최선을 다해 봉사하는 시기다. 세 번째는 임주기(vanaprasthaya), 모든 것을 버리고 숲으로 들어가 은거하면서 명상과 금욕으로 하루를 보내는 시기다. 네 번째는 유행기(sannyasa), 하루 한 끼만 먹

93

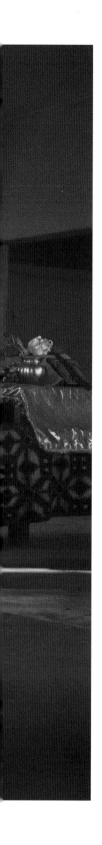

으며 해탈하기 위해 세상을 방랑하는 시기다.

여기서 두 번째까지는 이해할 만하다. 누구나 다 그렇게 사니까. 그러나 세 번째부터는 실천하기 좀 어려운, 아니 매우 어려운 일이다. 과연 모든 재산과 사랑하는 가족을 버리고 숲으로 들어가 고행하면서 살 수 있는 사람이 얼마나 있을까. 우리에게도 이런 관행이 있었다. 나이가 들면 낙향해서 자연과 벗하며 후학을 기르던 일이다. 어찌 보면 임주기는 인생에서 가장 황금기일 수 있다. 얽매이는 모든 일에서 벗어나 오로지 한 인간으로 살 수 있기 때문이다. 학생기에 겪어야 하는 살인적인 경쟁심도 없고 가주기에 가족을 부양해야 하는 힘겨운 부담도 없다. 현대에서는 숲으로 들어가서 살 수는 없겠지만 많은 것을 놓아버리고 마음먹기에 따라 완벽한 자유를 누릴 수 있다. 시집, 장가간 자식들 생활에 간섭하지 않고, 잘 굴러가는 회사나 교회에 신경 쓰지 않고, 오로지 마음의 평온과 인류의 생존을 위해 작은 일을 하면서 말이다.

제일 중요한 것은 세상의 모든 끈을 놓아버리는 것이다. 무엇 하러 스스로를 감옥에 가두는가. 나이 듦은 그런 것이다. 젊었을 때 까칠했던 모습을 돌이켜보면 나는 나 스스로를 달달 볶으면서 괴롭혔다는 생각이 들었다. 그것은 주변사람들한테도 관대하지 못하고 불편하게 했다는 반증이다. 안 되는 일은 안 되는 것으로 마음을 놓으니 거짓말처럼 편안해졌다. 나는 그 정신적인 자유로움을 젊음으로도 바꾸고 싶지 않다. 자식 교육까지 끝나면 더 이상 연연할 그 무엇이 사라지고 완벽한 자유를 누리게 될 것이다. 그 시기를 미리부터 두려워하지 말자.

마지막 단계, 유행기는 아무나 실천하기 어려울 수 있다. 그러나 숲속에 은둔하는 단계까지는 누구나 마음만 먹으면 할 수 있다. 나는 그 시기가 되면 숲속으로 가는 대신 서울 도심 중앙으로 가겠다. 다 버리고 몸만 갈 수 있는 아주 작은 집을 구해 갤러리로 산책도 하고 음악회도 걸어서 갈 수 있는 곳으로 말이다. 가끔은 숲속으로 간 친구를 찾아가 서울 이야기, 시골 이야기 서로 주고받으며 별이 쏟아지는 우주의 신비를 함께 보고 싶다.

사람들이 인도에 빠지는 이유 중 하나가 의외성이다. 전혀 상상하지 못했던 일이 일상적으로 벌어지니까 사람들은 갑자기 혼란을 느끼고 사고의 전환을 경험하게 된다.

　춤추는 시바, 나트라자를 보고 신(神)이라는 개념을 다시 정립해야만 했다. 신은 전지전능하고 근엄해야 하며 나약한 인간을 보호해줘야 한다는 고정관념을 무너뜨린 춤추는 신 나트라자. 연꽃 위에서 불꽃에 휩싸여 춤추는 신. 신들린 듯 춤춘다는 말이 여기서 나오지 않았을까 하는 생각도 들 만큼 춤에 몰두해 있다.

　이 나트라자 조각상은 모든 것이 다 상징으로 이루어져 있다. 오른손에 들고 있는 장구모양의 북 다마루는 창조의 의미가 있고 불꽃은 파괴를 뜻하는 것이다. 생하는 것은 북소리와 함께 오고, 멸하는 것은 불과 함께 오는 것이다. 이러한 조각상의 기원은 이미 수천 년 전부터 있어 왔다. 하나 의문이 드는 것은 시바가 들고 있는 북 다마루와 우리나라의 장구의 모습이 너무 비슷하다는 점이다. 무슨 연관이 있을까. 인도에 대해서 공부하면 할수록 우리와 유사한 점이 있어 놀라울 따름이다. 중국과 일본과 우리가 닮은 점이 있다면 이해가 되고 당연하게 여겨지지만 인도는? 멀어도 너무 멀다. 물론 불교라는 종교로 연결되어 있지만, 시간과 공간이 떨어져 있어 상상이 잘되지 않고 현재 각 나라의 문화 역시 이질적이라서 더 그런지도 모른다. 겉에서 보면 침엽수와 활엽수처럼 전혀 다른 나무로 보이는데 그 싹은 비슷할 수도 있다는 것이다.

특히 시바가 기존의 신과 구분되는 특징이 바로 파괴라는 점이다. 창조의 또 다른 이름 파괴. 파괴되지 않고는 창조되지도 않는다. 거친 흙의 본성이 파괴되어야만 매끄러운 도자기가 되고, 내 안의 이기심, 두려움을 파괴해야만 어른이 되고 도의 경지에 이른다.

약 3억 년 전, 페름기 때는 지구상의 98퍼센트 정도의 생물들이 전멸했다고 한다. 그런 대 멸종기를 겪고 난 지구는 어떻게 변했을까. 살아남은 2퍼센트의 생물군 중 단궁류가 거대한 공룡으로 진화해 1억 년 동안 지구의 무법자가 되었다. 대파괴가 전제되었을 때 위대한 창조가 일어난다. 파괴됨을 두려워할 필요가 없다. 자연 순환의 일부일 뿐이다.

⬆ 은색의 화려한 나트라자 상.

남의 집을 방문하면 우리는 제일 먼저 초인종을 누른다. 마찬가지로 신의 집인 사원에 가면 가장 먼저 종을 쳐야 한다.

"신이시여! 제가 왔습니다. 저의 기도를 들어주세요."

그것도 아주 요란하게 종을 울려서 명상에 잠긴 신을 일깨워야 한다. 보통 절이나 교회에 들어갈 때는 최대한 겸손하고 조용하게 신의 심기를 건드리지 않으려 노력한다. 하지만 힌두교에서는 전혀 다르다. 그들은 당당하게 자신이 신 앞에 기도드리러 왔음을 밝힌다. 내가 왔다는 신호를 보내지 않으면 어찌 신께서 내 기도에 응답해 주시겠는가 하면서 말이다.

특히 이 사원은 모든 것이 푸른색이라 더욱 기억에 남는다. 이렇게 사원의 주색이 푸른색인 것은 처음인데 파란 사리를 입은 여인이 내가 사진 찍는 그 시간에 나타났다는 또한 신기했다.

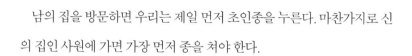

○ 신에게 자신이 왔음을 알리고자 경건한 마음으로 종을 치는 여인.

찬란한 슬픔

'나이를 먹는다'는 것은 다른 사람의 입장을 고려하는 배려심이 많아진다는 뜻이기도 하다. 젊어서는 우주의 중심이 나였다. 내가 걸린 감기가 남이 하는 큰 수술보다 더 고통스러운 것이고, 당장 내 발등에 떨어진 불만 보이지 다른 사람의 미래는 관심조차 가지지 않았다. 오죽하면 길가에 피어 있던 화려한 꽃들도 예쁘게 느끼지 못했다.

오전에 아이를 유치원에 보내 놓고 사원 순례를 다니다 보면 저절로 이 생각 저 생각이 들면서 사고가 깊어진다. 이른 아침의 사원에는 오가는 사람은커녕 더없는 고요함만 있었다. 내가 이곳을 방문했을 때는 햇살이 쨍쨍했는데, 나무 옆에 앉아 있던 할머니 주변은 짙은 먹구름이 낀 듯 어두워 보였다. 확실치는 않지만, 예순은 훌쩍 넘어 보이는 할머니에게서 평탄하지 않았던 지난날을 엿볼 수 있었다. 금수저 아니라 왕관을 머리에 쓰고 태어났다 하더라도 인생은 절대 호락호락하지 않다. 지위 고하를 막론하고 각자 짊어진 인생의 무게는 같다고 본다. 단지 그 짐의 종류가 다를 뿐이다. 남이 보기에는 단출한 배낭 하나 맨 것처럼 보여도 그 속에 무거운 쇳덩이가 들어 있을 수도 있고, 집채만큼 커다란 배낭일지라도 그 속에 가벼운 솜이 들어 있을 수도 있다.

○ 아침에 먹을 것을 나눠주고
있는 사원 관계자.

　　자이나교에서는 우주 순환론에 기초하여 인간의 평균 수명을 100세
로 가정하고, 50세부터 육제적인 힘과 능력이 점차 쇠퇴해 가는 하위니
다샤 시기로 구분한다. 세상 만물이 생명의 기운으로 충만해도 나는 그렇
지 못할 때 찬란한 슬픔이 밀려온다. 나를 제외한 그 모든 이들이 행복한
미소를 짓고 있을 때도 마찬가지다. 이날 할머니의 뒷모습을 보면서 그런
생각이 들었다. 내 인생은 잘 안 풀리는데 봄은 예정대로 찾아 화사하게
피어나는 벚꽃을 보면서 나도 그런 찬란한 슬픔을 느낀 적이 있었다. 누
구에게나 살면서 그런 순간 한 번쯤은 찾아오는 법이다.

◑ 사진기를 쳐다보는 청년의 눈에 깊은 슬픔이 묻어 있다.

운 명 의 굴 레

　인도의 카스트제도는 그야말로 운명의 굴레다. 제아무리 법이 바뀌어
도 카스트라는 계급에서 벗어나기는 힘들다. 특히 도시를 떠나 농촌으로
갈수록 이 굴레는 강력 접착제로 붙인 것처럼 떼려야 뗄 수 없는 낙인이
되어버린다. 사원에서 조각을 다듬던 청년의 체념 어린 눈빛이 잊히지 않
는다.

　인간은 왜 이렇게 다르게 태어나는가? 운명을 가르는 힘은 도대체 무
엇이란 말인가. 내게 씌워진 운명의 굴레는 무엇인지 생각하게 되었다.
인도 여행은 여행자에게 끊임없이 질문을 던진다.

'너는 여기서 무엇을 하고 있는가?'
'인간은 어째서 천차만별의 다른 운명을 타고 태어나는가?'
'다음 생은 과연 존재하는가?'

나는 어떻게 이 머나먼 인도 땅까지 오게 되었을까….

안 과 밖

사원의 안은 이처럼 화려하다. 그러나 사원 밖은 어느 시골의 농가와 같다.

예전에 〈극과 극〉이라는 텔레비전 프로그램이 있었다. 한 가지 주제를 가지고 최소의 경우와 최대의 경우를 비교해 보여주는 것이었다. 인도에 살면서 늘 이 프로그램이 생각났다. 인도만큼 그 '극과 극'의 간격이 극심한 나라는 없을 것 같다는 생각에서였다. 인구대국, 국도대국에 어울리에 인도의 모든 것은 우리의 상상을 초월한다. 이 사원에서 사진을 찍으면서 또 한 번 실감할 수 있었다. 겉면은 그 어떤 사원보다 화려했다. 붉은색, 녹색, 황금색 등 구르가온 시내에서 이처럼 알록달록한 사원은 처음일 정도로 요란스럽고 복잡했다.

그러나 아름다운 아치형 창문 뒤에는 시멘트 민낯 그대로일 뿐더러 냄새나는 소우리까지 있어 성스러운 사원의 모습이라고는 도저히 생각할 수 없었다. 사람 눈에 잘 보이는 앞 모습만 화려한 사원이었을 뿐 그 뒤는 전혀 신경쓰지 않았던 것이다.

담벼락 하나 차이로 어떤 사람은 IT첨단 기술을 자랑하는 21세기를 살고, 어떤 사람은 돌 위에 솥단지 하나 걸쳐놓고 움막집 속에서 원시인처럼 살고 있는 곳이 바로 인도다. 그런 차이를 가르는 것이 정말 단순한 담

⊙ 보색대비로 화려게 채색된
사원 안의 모습.
⊙ 빨래하는 여인 뒤로 보이는
소우리.

하나의 경계다. 시간과 공간이 엄청나게 다르게 움직이는 것이 아니라 바
로 같은 장소, 같은 시간 속에서 벌어지고 있다.

한 권의 책이 나를 라낙푸르로 이끌었다.

인도에서 습관처럼 책방에 갔다. 그러던 어느 날 발견한 한 권의 책 『Jain Temples』. 책에 실린 사진을 본 순간, 뭐라 형용할 수 없는 신비함과 호기심이 어우러져 사진을 보고 또 보면서 의심의 눈초리를 보내고 있었다. 저것이 과연 돌로 만든 조각 맞을까? 망치로 돌을 일일이 쪼개서 하나의 거대한 사원을 만들었다는 것이 믿어지지 않을 만큼 정교하고 세밀했다. 어떤 것은 돌을 너무 얇게 조각해서 투명하게 햇살이 비치기도 했다. 여기가 어딜까, 꼭 한번 가보고 싶다는 생각이 들었다. 이런 조각은 그 어디에서도 본 적이 없었다. 인도에도 이런 건축물이 존재하는구나. 타지마할과는 전혀 다른 새로운 스타일의 건축물이었다. 그 옛날 기계도 없었을 텐데 저런 복잡한 조각을 이용해서 거대한 사원을 지었다는 것이 인간의 작품도 자연 못지 않게 위대할 수도 있다는 것을 증명하는 것이다. 그건 어찌 보면 그 옛날 인간이 시간과의 싸움에서 승리한 것과 같다.

라낙푸르 가는 길은 한마디로 멀었다. 내가 살고 있는 델리 근처에서 자동차로 10시간도 훌쩍 넘어 12시간 정도 가야 될 만큼 만만한 코스는 아니었다. 삭막한 델리 근처와는 달리 라낙푸르로 가는 길은 땅의 모양

이 점점 달라졌다. 산과 물이 많고, 하늘은 더욱더 청명했다. 마치 서울의 초가을 날씨처럼 투명해서 눈이 부셨다. 아지메르에서 일단은 뭄바이로 가는 길을 타고 가다가 곰티에서 샛길로 접어 든다. 데수리, 사드리를 지나면 라낙푸르가 나온다. 지명이 우리나라와 흡사한 것에 다시 한 번 놀랐다. 우리나라 행정 최소단위인 "리"가 들어가는 동네가 많았다. 곰티에서 부터는 중앙차선도 없이 아스팔트 포장도 엉성한 마을 길로 접어 들어 약 2시간 정도 달리다 보면 길 옆에 사원입구가 보인다. 이 길은 비포장 도로처럼 험하지만 경치는 점점 더 좋아져서 느낌이 꼭 경상도 어느 산골에 접어든 것처럼 정겨운 풍경이었다.

사원 안으로 들어갈 때 자동차를 제지하지도 않고 검문검색으로 사람을 피곤하게 하지도 않는다. 또 한 가지 마음에 드는 것은 입장료는 없지만 카메라는 촬영권만 사면 사진 찍는 데는 문제가 없다는 것이다. 사진을 못 찍게 하면 어떻게 하나 걱정하던 차였는데 사진 촬영권은 아주 합리적인 제도라는 생각이 들었다.

그런데 아쉽게도 사원에 처음 들어갔을 때의 생생함이 기억나지 않는다. 나는 사진을 찍어야 한다는 강박관념에 그 사원의 진가를 제대로 볼 마음의 여유를 전혀 갖지 못했던 것이다. 사진이 나의 마음의 눈을 가리고 말았다. 지금 이 글을 쓰는 순간에도 그 느낌을 되살려 보려고 애쓰지만 전혀 떠오르지 않는다. 마음은 다시 가고 싶다는 생각뿐이다. 처음부터 사진기를 들이대지 말았어야 했다. 몸과 마음을 다 비우고 그 사원의 아름다움을 먼저 감상했어야 했는데 오직 사진 욕심만 채우려고 여기저기 돌아다녔지 마음속으로는 하나도 감동받지 못했던 것이다. 결과는 참담했다. 델리로 돌아와서 사진을 확인해본 순간 모든 것은 명백했다. 라

◆ 돌로 조각된 라낙푸르 사원이 입구에서부터 여행자의 눈을 사로잡는다.

낙푸르의 참모습은 하나도 담겨 있지 않았다. 어찌하여 그 모든 것이 보이지 않았을까.

내가 이 라낙푸르 사원에서 제대로 사진을 찍지 못했던 것은 이 보이지 않는 것을 보려고 애쓰지 않았기 때문이다. 눈에 보이는 사원의 조각에만 온갖 정신이 팔려 그 속에 담겨 있는 조각의 의미, 그 당시 조각가들의 마음, 전반적인 자이나교의 순수함 같은 것을 전혀 의식하지 않았다. 자이나교에 대해서 공부하다 보니 의외의 사실을 알게 되었다. 자이나교나 힌두교나 고대에서부터 인도인들이 추구하는 철학이 바로 진, 선, 미라는 것이다. 그들이 평상시에 하는 만트라에도 늘 이 말을 사용한다고 한다. 진〔眞, The True, satyam(사튬)〕, 선〔善, The Good, shivam(시왐)〕, 미〔美, The Beautiful, sundram(순드람)〕이야말로 문명세계가 추구해야 할 기본적인 덕목이라는 것이다. 라낙푸르에서 나는 너무 아름다운 것에만 집착한 나머지 진실한 것을 보지 않았다. 그 결과 내게는 선하지 않은 사진만 남게 되었다. 선하다는 말은 또 다른 의미로 영원하다는 뜻이다. 결국 진실한 것만이 오래가고 아름다운 것이다.

○ 섬세한 조각이 돋보이는
사원의 천장.
○ 커다란 돌 하나로 만든 조각.

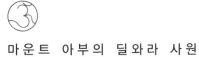

마운트 아부의 딜와라 사원

델리에서 700킬로미터가 넘는 마운트 아부까지 12시간 넘게 차를 타고 달리고 달려서 내가 보고 싶었던 것은 자이나교 5대 사원 중의 하나인 딜와라(Dillwara) 사원이었다. 그곳에 다양한 관광지가 있었지만 나의 최대 목표는 그 사원에서 사진을 찍는 것이었는데, 결론은 사진촬영은 무조건 금지였다. 가족 여행겸 사진을 찍는 것이 계획이어서 준비를 제대로 하지 못한 내 책임이 컸지만 어째든 그 아름 다운 사원의 사진을 단 한 장도 찍지 못했다는 것은 두고두고 미련으로 남아 있다.

딜와라 사원은 11세기부터 13세기에 걸쳐 지어진 것으로, 내 안목으로는 세계 7대 불가사의에 선정되고도 남을 것 같았다. 그 사원의 조각을 보면 보고도 믿기지 않을 조각의 독창성에 그저 놀랍고 신기할 따름이다. 신이시여! 과연 저 조각이 인간이 만든 작품 맞습니까? 하는 말이 절로 나온다. 종이를 가지고 오려서 붙이라고 해도 저렇게 섬세하게 하지는 못했을 것이다. 특히 천장의 조각은 압권 중의 압권이다. 내게 만일 다시 한번 인도를 여행하고 사진 찍을 기회를 준다면 난 당연히 이곳을 선택할 것이다. 이 사원의 진면목을 사진 찍진 못했지만 여행하다 우연히 들른 동네의 작은 사원에서 촬영하게 되었다. 변두리 이름 없는 사원의 조각도 이처럼 섬세한데, 딜와라 사원은 이 조각 몇 배의 정교함을 지니고 있었다.

유년의 기억 펌프

사람이 살다 보면 죽을 고비를 넘길 때도 있다. 나 역시 죽음의 문턱까지 간 적이 여러 번 있는데, 그중에서 제일 어린 시절에 겪었던 사건은 우물가에서 일어났다. 나이는 정확하게 기억나지 않지만, 초등학교 들어가기 바로 직전 정도였으니까 예닐곱 살 때가 아니었을까 싶다. 그 당시에는 50환짜리 동전이 있었는데, 지금의 500원짜리 동전 크기만 했다. 동전을 가지고 놀다가 어린이 특유의 습성대로 그것을 입으로 가져가 장난을 쳤는데 그만 목에 걸리고 말았다. 저녁 무렵이라 엄마는 우물가에서 반찬거리를 다듬고 있었고, 다른 식구들도 제각기 다른 일을 하고 있었다. 그 평온한 저녁에 갑자기 내가 얼굴이 빨개지면서 숨도 못 쉬고 컥컥거리자 집안이 혼란에 빠졌다. 옆에 있던 엄마가 등을 두들겨 주었지만 눈물과 콧물만 나고 거의 죽음 직전에 이를 때까지 숨을 쉬지 못했다. 다행히 옆에 있던 말썽꾸러기 막내 삼촌이 무지막지하게 내 등짝을 후려치는 바람에 목에 걸렸던 동전이 쨍그랑 하고 우물가로 튀어 나왔다.

생사를 넘나들던 유년의 기억 속 우물을 인도에서 재회했다. 사람 사는 곳 어디나 다 비슷하다고 말은 하지만, 이처럼 비슷한 곳이 인도에 있을 줄이야. 이런 것을 데자뷰(deja vu)라고 하는가 보다.

○ 옛 추억을 떠올리게 하는 펌프.

어린시절 추억

인간의 기억력은 정확하지 않다. 똑같은 시간을 공유해도 각자가 기억하는 부분은 전혀 다를 수 있다. 이 사원을 방문했을 때 맨 처음 떠오르는 장면은 어릴 적 놀던 고향 집 대청이었다. 대문을 열고 들어가면 마당이 있고 마당에서 돌을 세 칸 정도 올려 지대를 높인 곳에 댓돌이 있어 그곳에서 신발을 벗고 대청에 올라가고는 했다. 마루에서 안방으로 들어가는 문 위쪽에는 태어나서 단 한 번도 만난 적 없는 증조할머니와 증조할아버지, 아버지, 삼촌, 고모들의 사진이 걸려 있었다.

사원과 고향 집 대청의 공통점은 사진이 걸려 있었다는 것뿐. 그런데도 나는 옛날 집 풍경과 똑같다고 착각했다. 흑백 사진 몇 점 때문에 이곳에서 공간상으로는 6,500킬로미터 떨어져 있고, 시간상으로는 40여 년이나 차이가 나는 곳과 동일시한 것이다. 인간의 기억력, 인식의 기준이 이처럼 자의적이다. 그렇게 인식의 오류가 있다 해도 이 사진은 특별하다. 타임머신과 같은 역할을 하기 때문이다. 이 사진을 보면 나는 자동적으로 과거에 가 있다. 대청에 앉아 채송화가 가득 피어 있던 마당을 아련하게 바라보던 유년의 기억 속으로….

신 발 을   벗 고

　신발을 가지런히 벗어놓고 이 남자는 기도하기 위해 사원 안으로 들어
갔다. 하얀 양말과 가죽구두인 것을 보니 계급이 낮은 사람은 아닐 것이
다. 그에게 무언가 사연이 있어 이른 아침 일터로 가기 전에 사원을 찾았
으리라.

　그 옆에 분홍색 꽃이 고단해 보이는 신발을 위로하고 있다. 세상천지가
어둠에 휩싸여도 어딘가에는 핑크빛 희망이 숨어 있다고 알려주기라도
하듯이.

◯ 가지런히 놓여 있는 신사구두와 분홍색 꽃.

상카의 소리

거리에서 소가 어슬렁거리고 있으면 자동차나 사람들이 알아서 비켜 간다는 이야기를 듣다가, 캄캄한 새벽 한 시에 인도 뉴델리 공항에 도착 했다. 공항에서 곧장 집으로 와 짐도 풀지 않고 잠을 자다가 갑자기 놀라 서 깨어났다. 너무나 시끄러워 우리가 잠든 사이에 누군가 침대를 길바닥 으로 내다놓은 줄 알았을 정도다. 소음의 강도가 가히 엽기적인 수준이었 다. 침대에서 일어나 둘러보니 아직 해가 뜨지 않아 어둑어둑했지만 확실 히 방 안이었고 창문도 닫아놓은 그대로였다. 모든 것이 정상인데 사실은 정상이 아니었다. 인도에서 벌어지는 소음과의 전쟁이 시작된 것이다.

알고 보니 우리가 얻은 아파트는 트럭들이 이동하는 길목이었는데, 새 벽 4시면 어김없이 경적을 울리며 집 앞을 지나갔다. 인도의 트럭은 후미 등이 없어 무조건 경적을 크게 울리라는 글씨까지 뒤에 써 붙이고 다닐 정도니 그 소리가 얼마나 요란하겠는가. 집주인에게 이야기해 소음에 강 한 유리로 베란다 창문을 바꾸었지만 효과는 별로 없었다. 두꺼운 커튼을 달아도 마찬가지였다. 베란다 없이 창문 하나만 열면 그대로 밖이었기 때 문이다. 끔찍한 소음 때문에 매번 기분이 좋지 않은 상태로 잠에서 깨어 났다. 일 년을 힘들게 버티고 이사를 결심했다. 2년 계약이라 어쩔 수 없 이 손해를 봐야 했지만, 더 이상 소음으로 인해 고통 받을 수 없었다.

새로운 집을 찾을 때 조건은 첫째도 조용, 둘째도 조용이었다. 아무리 시설 좋은 새 아파트라도 주변이 시끄러우면 들어가지도 않았다. 주변에 건물이 들어설 만한 공터라도 있다면 제외시켰다. 그런 땅이 있으면 조만간 공사가 시작될 것이고 엄청난 소음과 먼지가 집으로 들어올 것이 뻔했기 때문이다. 열심히 집을 찾아 헤맨 결과 바람대로 한적한 주택가에 자리 잡은 아파트를 찾아냈다. 사방팔방에 소음이 발생할 것 같은 위험 요소가 없었다. 비록 낡은 아파트였지만 커다란 나무가 울타리를 둘러싸고 있어 정원이 아름답고 조용했다.

인도의 독립기념일과 이삿날이 겹치는 바람에 4박 5일에 걸쳐 이사를 끝냈다. 모르는 사람들은 이사를 그렇게 오래 할 수 있는지 의심스러울 것이다. 인도에는 사다리차가 없고, 엘리베이터가 좁아 웬만한 짐은 사람들이 메고 계단으로 오르내려야 했다. 그 커다란 냉장고를 이고 지고 계단을 오르다니…. 보고도 믿기지 않는 인도의 이사 풍경이다.

○ 커다란 소라, 상카.

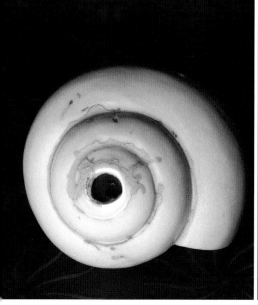

이사 후 처음으로 새 집에서 잠을 자고 아침에 일어난 때가 떠오른다. 중저음에서부터 고음까지 다양한 소리를 내는 새들의 합창과 함께 '상카 소리'에 눈을 뜬 것이다. 아직도 그날 아침의 모든 소리가 기억에 남아 있다. 너무나 평화로운 소리들, 깊은 밀림에서 들려오는 듯한 자연의 소리. 상카는 힌두교 제사의 시작과 끝을 알리는 중요한 역할을 한다. 아침 일찍 근처 사원에서 제사를 지내느라고 이 소리가 들렸던 것이다.

결혼하기 전부터 이사라면 누구 못지 않은 경력이 있었다. 임대차 보호
법이 시행되기 이전이라 전세 사는 사람은 언제나 약자였고 고도 성장과
더불어 해가 바뀔 때마다 집값이 뛰고 덩달아 전세값도 올랐다.

대륙을 넘나들며 이사를 했던 나. 제일 먼저 결혼 후 3일 만에 싱가포
르에서 살게 되었다. 1년 3개월 동안 싱가포르 살이가 끝난 뒤 서울로 왔
고, 아니 서울이 아닌 안양에 거처를 마련했다. 그리고 영국으로 1년간
공부하러 가느라 아시아에서 유럽으로 또다시 나의 이삿짐은 배를 타고
태평양과 인도양을 거쳐가는 머나먼 여정에 올랐다. 다시 한국에 와서도
서너 번은 더 이사를 하느라 주민등록초본을 떼면 기본이 두 장이었다.
거기다가 다시 인도로 갔으니 그 머나먼 이삿짐의 행로는 지구를 한 바퀴
돌고도 남을 것이다.

그런데 겨우 4년 살았던 인도에서조차도 이사를 두 번이나 했으니 내
팔자에 이사는 운명이었나 보다. 인도에서 처음으로 이사하던 날, 상상
그 이상의 사실에 아연실색하지 않을 수 없었다. 엘리베이터가 너무 작아
큰 짐들이 들어가지 않았다. 덕분에 이사는 넉넉하게 이틀을 잡아야 했
다. 하루는 부엌과 안방 짐만 옮기고, 그 다음날은 거실을 비롯하여 그 나

○ 새로운 아파트가 매일매일
건설되는 신도시.

머지 짐을 실어 나르는 간단해 보이는 전략 같았다. 그 무거운 양문형 냉
장고를 7~8명이 계단으로 옮기는 것을 보니 걱정이 태산이었다. 누구는
그러겠지. 엘리베이터 작으면 사다리차로 하면 되지 않겠냐고.

　첨단 IT신도시지만 사다리차라는 것은 아예 존재하지 않았다. 짐을 차
까지 운반하는 일도 눈 뜨고는 차마 보기 힘든 광경이었다. 어쨌거나 하
루는 무사히 짐을 옮겼다. 문제는 그다음 날이었다. 구르가온에 기록적
인 폭우가 쏟아져서 차로 10분 거리를 장장 다섯 시간 만에 도착한 것이
다. 우리나라처럼 배수가 될 것이라고 생각하면 오산이다. 내가 듣기로
는 아예 배수 시설이 없다고 알고 있었으니 조금만 비가 와도 거리가 온

통 물바다인데 기록적인 폭우가 내렸으니 온 도시가 마비되었던 것이다. 밤 열두 시가 되서 간신히 차만 아파트 단지에 가져다 놓고 짐꾼들은 다 가버렸다. 그런데 하필이면 그다음 날이 8월 15일 광복절이었다. 광복절에는 아무도 일을 안 한다고 했다. 그다음날은 토, 일요일. 당연히 주말에는 일을 안 한다. 결국 월요일날 모든 일꾼들이 모여 또다시 강행군을 했다. 9층까지 계단을 통해 짐을 올려야만 했다. 그렇게 해서 전대미문의 4박 5일 이사가 이루어진 것이다. 부산에서 중국으로 이사가는 것도 아니고 고작 차로 10분 거리인데 그렇게 오래 걸렸다는 것은, 기네스북에 올라도 되지 않을까.

아 침 에 커 피 한 잔

　여행하면서 가장 행복한 순간은? 나는 유명한 그림을 보거나 위대한 건축물을 감상하는 것보다 아침에 느긋하게 커피 한 잔을 마실 때 행복을 느낀다. 베니스의 산마르코 광장 옆에 있던 200년이 넘은 카페에서 마셨던 커피 한 잔, 피렌체의 재래시장 한쪽에서 막 가게를 여는 상인들과 함께 서서 마셨던 커피 한 잔, 에딘버러 숙소 벽난로 앞에서 마셨던 커피 한 잔이 여행 최고의 순간이었다.

　여행을 하면 할수록 뭔가를 꼭 봐야겠다는 집착에서 벗어나 여행지의 분위기 자체를 즐기게 된다. 우다이푸르에서도 마찬가지였다. 피츌라 호수의 일렁이는 물결을 바라보며 마셨던 커피 한 잔. 그 순간 속세의 모든 고뇌는 일시에 사라졌고 커피 잔 속에는 말로 표현 못할 평온함이 가득했다. 시일이 꽤 지난 지금도 그 순간에 느껴졌던 평온함의 뇌파가 다시 한번 머릿속을 헤엄치고 있다는 느낌이다. 여행지에서 마셨던 커피 한 잔을 생각할 때마다 일상에서 벗어나 여행지로 공간이동한다.

⊙ 전통적인 인도 의상을 입은 여인이 그려진 실내.

◐ 호수궁전으로 가는 선착장.

인도의 신혼여행지 우다이푸르

유명한 신혼여행지로 우리나라에 제주도가 있다면 인도에는 우다이푸르가 있다. 특히 호수궁전은 신혼여행으로 가기에는 안성맞춤이다.

우다이푸르는 해발 577미터에 자리한 도시로, 여름에도 그리 덥지 않고(단, 다른 라자스탄 지방에 비해서) 겨울에도 그리 춥지 않아 라자스탄 지방 귀족들의 별장으로도 유명하다.

세계적으로 알려지게 된 계기는 영화 〈007 옥토퍼시〉에서 로저 무어가 호수궁전 호텔로비에서 금방 배를 타고 악당을 뒤쫓아 가는 장면 때문이다. 나도 이 영화를 보면서 정말 저런 곳이 세상에 있을까 하는 의심을 했었다. 007 영화니까 어느 세트장에서 꾸며 낸 건 아닐까 하는 생각이 들 정도로 참 신기한 곳이었다.

우다이푸르 관광의 백미라면 피촐라 호수에 떠 있는 이 호텔과 이 호수 안에 있는 예전에 왕실 사원이었던 잭 만디르, 호수 옆에 있는 시티 펠리스가 될 것이다. 호수는 길이가 4킬로미터, 넓이는 3킬로미터에 달하는 큰 호수로 몬순이 시작되면 제일 먼저 이 호수에 물이 차고 물이 넘치는 다른 호수로 흘러 들어가게 되어 있다고 한다.

이 호수궁전을 처음 봤을 때 어떻게 호수 한가운데다 저런 큰 건물을 지었을까 하는 의구심이 들었다. 물이 빠졌을 때 지었을까? 그렇다 하더라도 우기 때는 어떻게 했을까? 알고 보니 간단했다. 호수 바닥을 다지고 지은 것이 아니라 원래 바위섬이 있었던 곳에 지었다는 것이다. 그 당시에는 이렇게 물도 많지 않았다고 한다.

　1746년 2월 1일 궁전이 완공되었을 때는 이름이 잭 니와스였으나 1963년 호텔로 개조되어 왕실이 직접 운영하다가 인도 호텔업계의 최고인 타지(Taj)그룹에 운영권을 넘기면서 타지 호수궁전이 되었다. 그 뒤 엘리자베스 여왕, 재클린 케네디, 비비안 리가 묵어서 신비롭고 고급스런 이미지가 더 보태졌다. 하룻밤 호텔 가격은 상상을 초월할 정도지만 단 하룻밤만이라도 신데렐라가 되고 싶다면 과감히 투자할 필요가 있다.

❍ 호수궁전 안 수영장.
❍ 호수궁전의 아름다운 정원.

흰색의 쾌적함

'베르사유 궁전' 하면 제일 먼저 떠오르는 마리 앙투아네트 여왕의 침실에 들어가 보면 반짝이는 금테를 두른 침대, 가구와 함께 그녀의 상징인 장미 문양의 자수가 놓인 침대 시트와 커튼을 볼 수 있다. 방 안은 빈틈없이 화려한 물건으로 가득 차 있다. 그런 곳에서 편히 쉴 수 있을까? 나같은 관광객은 잠깐 들러 감탄사를 내고 지나가면 그만이지만 매일 그곳에서 살아야 한다면 편안하게 안정을 취하지는 못할 듯하다. 그 방의 주인인 앙투아네트 역시 마찬가지였는지, 정원에 한쪽에 자리한 영국식 초가집에서 지내는 편을 훨씬 더 즐겼다고 한다. 일생에 단 한 번이라도 머무르고 싶은 여왕의 방을 마다하고 왜 초라한 시골 목동의 집을 더 좋아했는지 어느 정도 짐작은 간다. 빈틈없는 곳에서 마음의 평온을 찾기는 쉽지 않았을 것이다.

우다이푸르 근처에 있는 데비가르 성을 개조해 만든 호텔 방이다. 여행의 즐거움도 있지만 여행의 고단함을 풀어 주기에 이 방은 딱 알맞은 곳이다. 어디 한 군데 구겨진 곳 없이 빳빳하게 풀 먹인 하얀 시트가 마치 바짝 당겨 빗은 쪽진 머리처럼 침대를 감싸고 있고, 그 위로 떨어지는 한 줄기 햇살 위로 한 그루 나무가 풍성하게 잎사귀를 드리우고 있다. 무거운

가방과 지친 발걸음으로 이 방에 들어선다면 우선 제일 먼저 그 깨끗함에
온갖 피로가 사라질 것이다. 또 낯선 곳을 이리저리 돌아다니며 받은 스
트레스는 침대에 앉자마자 창문 밖으로 연기처럼 빠져나가고 마음의 평
온을 찾게 될 것이다. 불행히도 나는 이 침대에서 잠을 청하지 못했다. 점
심을 먹고 호텔 직원에게 안내를 부탁했을 뿐이다. 그럼에도 불구하고 나
는 이 호텔에서 하룻밤을 보낸 이상으로 많은 추억을 가져왔다.

여행의 만찬

영국으로부터 오랫동안 지배받아온 영향인지 그들의 상차림은 화려하기 그지없다. 여행하면서 우다이푸르 근처에 데비가르(Devi Gargh) 성 안에 있는 식당에서 점심을 먹었는데, 기억나는 것은 오직 이 테이블 세팅뿐이다. 오래된 성을 개조해서 만든 이 호텔은 성 그 자체의 아름다움과 새로운 인테리어로 유명한 곳이었다. 우다이푸르에서 좀 멀었지만 그 명성을 듣고 점심을 먹으러 갔다. 과연 성은 소문대로 현대와 고전이 어울어져 독특한 아름다움을 느낄 수 있었다.

식당에 들어서니 탁 트인 전망과 함께 흰색의 정갈함 때문에 음식도 깔끔하고 맛있을 것 같았다. 자리에 앉아 주문을 하려고 할 때 웨이터가 와서 냅킨을 펼쳐 서빙을 시작하자, 그 당시 다섯 살이었던 서현이가 갑자기 울기 시작했다. 조용한 식당 안에 아이의 울음이 울려 퍼지자 나 역시 어쩔 줄을 몰라 했고 아이의 반응에 더 깜짝 놀란 웨이터는 당황한 표정으로 우리를 바라보았다. 내가 서현이에게 물어보니 예쁘게 접어 놓은 하얀 냅킨을 망쳐 놓아 울고 있다는 것이었다. 냅킨을 풀어 무릎에 올려 놓아야 식사를 할 수 있다고 설명해도 자기는 그렇게 하면 싫다고 계속 울면서 아무것도 먹지 않겠다고 떼를 썼다. 웨이터에게 상황을 설명하자 인도 특유의 몸짓으로 "No Problem"이라며 기꺼이 서현이 옆에다 다시 예쁘게 냅킨을 정리해서 놓아 주었다. 그제야 서현이는 안심하고 그 냅킨을 보면서 식사를 했다. 먹는 것보다는 주변 환경에 더 관심이 많았던 서현이는 어린 마음에도 정돈된 아름다움의 묘미를 느끼고 있었던 것이다. 너무 예뻐서 망가뜨리고 싶지 않은 음식이나 물건을 보고도 어른들은 쉽게 허물어 버리지만, 어린이들은 그 본질을 간직하고 싶어 하는 마음이 훨씬 더 강하다.

♻ 우리와 다른 인도의 식당 세팅 방식.

색동의 신비

우다이푸르 가던 길에 오색깃발이 나부끼기 시작했다. 청명한 햇살 아래 화려한 색동깃발을 보는 순간 당연히 놀랄 수밖에 없었다. 색동옷은 우리의 고유문화인데 어쩌면 이렇게 비슷한 깃발이 오지의 인도땅에서 펄럭이고 있는 것인지 신기한 기분이었다. 마치 우리의 여행을 환영이라도 해주는 듯 말이다. 깃발이 꽂힌 사원이 한두 곳뿐이었다면 그냥 넘어갈 수도 있었지만 계속해서 비슷한 사원이 나타났다. 어떤 행사가 있었는지 아니면 그날이 어떤 의미 있는 날이었는지 알 수는 없었지만 가는 길이 아무리 바빠도 그냥 지나칠 수가 없었다.

도중에 한 사원 앞에 내려 카메라를 들고 이곳저곳을 찍었다. 차에서 내린 지 10분이 채 안 되었는데 어디서 바람처럼 나타난 서너 명의 사람들이 나를 지켜보기 시작했다. 그중 한 아저씨는 용감하게 계속 나를 따라다니며 뭐라고 말을 했다. 내 짧은 힌디 실력으로 알아들을 수 없었지만 펄럭이는 깃발을 바르게 펴서 바람에 접히지 않도록 붙잡고 자기를 가리키면서 찍으라는 몸짓은 이해할 수 있었다. 깃발의 색이 다 보여서 사진이 잘 나왔으면 하는 착한 마음의 행동을 이 사진에 담은 것이다.

이 사진을 볼 때마다 의문이 든다. 색동의 원조는 어디일까? 아마 어리

◐ 화려한 색동의 깃발을 들고
포즈를 취하는 남성.

석은 질문일 것이다. 자연의 색은 어느 민족에게나 평등하게 주워진 것인

데 색의 배열이 비슷하다고 해서 그것이 우리의 고유의 것이라고 주장할

수는 없다. 그렇다 하더라도 그 먼 인도땅에서 우리의 색과 비슷한 색동

을 발견한 것은 지금까지도 신비한 경험으로 남아 있다.

눈에 보이는 세상과 보이지 않는 세상이 있다. 그런데 여행자들의 시선은 대부분 표면적인 부분에 머물러 있다. 그들에게 인도 어린이는 신발도 없이 흙바닥에서 뒹굴거나, 돈을 얻기 위해 뜨거운 아스팔트 위에서 재주를 넘거나, 여행객들을 속여 돈을 뜯어낼 궁리만 하는 모습이 전부일 수도 있다. 가끔은 천진난만한 미소와 호기심 어린 눈동자로 여행객 뒤를 졸졸 따라다니는 아이들을 볼 수 있지만, 운전기사에 경호원까지 대동하고 다니는 어린이들을 만나기는 어려울 것이다.

동시대를 살아도 인도의 어린이는 19세기를 삶을, 다른 어떤 나라의 어린이는 첨단 21세기의 삶을 살아간다. 사진의 아이들은 그래도 다행인 편이다. 19세기와 20세기 중간쯤에 살면서 어린이다운 감성을 가지고 살아갈 수 있으니 말이다. 가난하지만 가족과 함께 부모의 보호 속에서 살고 있음이 분명하다. 거리에 내몰리지 않는 것만으로도 얼마나 평온한 삶인가. 집안 형편이 어려운 것은 문제가 되지 않는다. 온 가족이 함께 살고 있으면 어린 시절은 그것으로 족하다.

이 아이들은 줄곧 나를 따라 다니며 숨바꼭질을 했다. 내가 카메라를 꺼내 들면 문 뒤로 숨었다가 또다시 내가 무엇을 하는지 궁금해서 머리만

◐ 보리수 아래서 맨발로 뛰노는 천진난만한 모습의 아이들.

내민 채 주변을 탐색하고는 했다. 그 아이들 일기장 속에 내 이야기가 있을까? 평범한 어느 날, 낯선 동양인 여인이 난생 처음 보는 카메라를 들고 자기 동네를 천천히 둘러보는 모습이 그 아이들에게는 신기한 일이었겠지. 동네에서 만난 아이들에게 연민을 느끼지 않아도 된다는 사실만으로도 마음이 가볍다.

가야트리 만트라

인도 유치원에서 가장 먼저 배우는 노래는? 아마도 가야트리 만트라 (Gayatri Mantra)일 것이다. 만 1년 6개월 만에 서현이는 국제유치원이 아닌, 인도인들만 다니는 유치원에 들어갔다. 서울처럼 문화센터가 발달되어 다양한 강좌가 있는 것도 아니고, 친척이나 친구 집을 갈 수도 없는 상황이어서 좀 이르다 싶었지만 온종일 나와 함께 있는 것보다는 나을 것 같아 일단 두 시간 정도만 보내기로 했다.

시작은 단순했지만 매일이 갈등의 연속이었다. 나와 함께 유치원에 있으면 신 나게 잘 노는데, 헤어질 때만 되면 울고불고 하는 통에 난리를 겪어야 했다. 선생님 말씀으로는 10분만 있으면 언제 그랬냐는 듯 잘 논다고 했지만 뒤돌아 설 때는 마음이 불편했다. 그래서 인터넷도 찾아보고 친구들에게도 조언도 구해 보았지만 뾰족한 해결책이 없었다. 나의 행동이 교육적 측면에서 올바르다는 생각도 들지 않고, 이왕 시작했는데 금방 포기하자니 그것도 확신이 서지 않았다. 그런 갈등 속에서도 석 달의 시간이 흘렀는데, 그때 결정적인 사건이 일어났다. 서현이가 제일 좋아하는 담임선생님이 갑자기 그만두게 된 것이다. 선생님의 보살핌 속에서 유치원을 다니던 서현이는 결국 막무가내로 등원을 거부했다.

결국 한동안 유치원에 다니지 않다가 시간이 좀 지난 후에 새로운 유치

◑ 정갈한 사원에 모신
가야트리 여신.

원에 보냈는데, 신기하게도 하루 만에 적응을 끝내고 곧잘 다녔다. 그곳
에서 서현이뿐 아니라 나 역시 인도에 대해 많은 것을 배웠다. 일 년 동안
인도의 모든 축제에 참여했는데, 예를 들면 외국인 어린이가 우리나라 유
치원에 다니면서 설날에 절하는 법을 배우는 것이다. 유치원이라는 곳이
지식을 배우는 곳이 아니라 기초생활교육을 받는 곳이라 더욱더 의미가
있었다.

유치원 친구들과 의사소통이 가능할 정도로 힌디어를 잘했던 서현이
는 한국으로 돌아오자마자 그야말로 빛의 속도로 힌디어를 잊어가기 시
작했다. 정말 신기했다. 어쩜 그리 쉽게 잊어버릴 수 있는지. 서현이와 나

는 다른 것은 다 잊었어도 오직 이 가야트리 만트라만은 기억한다. 가야 트리 만트라는 인도 국가보다 더 자주 불린다. 어딜 가나 들을 수 있다. 아 리랑처럼 리듬도 다양하다. 아이들은 동요처럼 부르고, 수행자들은 불경 외우듯 부른다. 부른 사람 마음대로 다양하게 바꾸어 부를 수도 있다.

옴 부 부바하 스하
닷 샤비투르 바레니야
바르고 데바샤 디마히
디히 요 요나 프라초대얏

오, 신이시여! 당신은 생명을 주시는 분이고,
고통과 슬픔을 주시는 분이며,
행복을 주시는 분입니다,
오! 우주의 창조자시여,
우리가 죄를 파괴하는 최상의 빛을 받게 하소서,
우리의 지성을 올바른 방향으로 이끌어주소서.

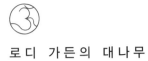

로디 가든의 대나무

유럽을 여행할 때 우연히 소나무를 만나면 고향의 친구라도 만난 것처럼 반가웠다. 델리 주변을 다니다 보면 온통 낯선 열대의 나무들뿐이고, 소나무를 보고 싶으면 자동차로 예닐곱 시간을 족히 달려 히말라야 언저리에라도 가야 한다. 서울에서는 흔하디흔한 소나무, 은행나무가 주변에 없다는 사실이 타국에서 살고 있다는 사실을 다시금 상기시켜 준다.

로디 가든에서 이 대나무를 본 순간 그 낯익은 풍경에 절로 발걸음이 멈추었다. 고향이란 이런 것일까. 무심히 지나쳤던 한 그루 나무와도 마음으로 소통하게 만드는 강력한 힘. 파릇파릇한 대나무 숲은 어느새 나의 머릿속에서 잠자고 있던 추억의 커튼을 걷어내고 잠시나마 향수를 느끼게 했다. 기와 담장 밑에서 살랑이던 대나무, 담양에서 본 대나무 숲, 우리 옛 그림에 빠지지 않고 등장하던 날렵한 검은빛의 대나무 잎사귀까지.

『아이를 잘 만드는 여자』를 쓴 닥종이 인형작가 김영희 씨는, 고향을 그리워하며 공원에 널리고 널린 민들레를 뜯어다 나물로 무쳐 먹으며 향수를 달랬다고 한다. 책에서 그 구절을 읽는 순간 그녀가 눈물을 삼키며 우적우적 나물을 씹어 먹는 모습이 상상이 되었고, 그 절실함에 가슴 한쪽이 강하게 아려왔다. 살다 보면 오롯이 혼자 견뎌야 하는 순간이 찾아온다. 남들에게는 사소한 일처럼 보일지라도 당사자에게는 입술을 깨물며 참아야 할 만큼 고통스러울 수 있는 것이다. 얼마나 힘들고 외로웠으면 남들 시선은 아랑곳 않고 공원에서 민들레를 뜯어다 먹었을까.

서울로 다시 돌아온 지금은 대나무를 보면 델리의 로디 가든에서 감상에 젖었던 그 순간이 떠오른다. 언제나 존재하는 것은 부재하는 것을 그리워 한다는 명제가 증명된 셈이다.

짬바꽃

사람은 서울에서 뉴델리까지 아홉 시간이면 도착하지만 짐은 태평양을 건너, 인도양을 건너 거의 한 달 반 만에 온다. 그 사이 집안에는 생존에 꼭 필요한 것만 있게 되고 모든 욕심을 버린 채 몸과 마음을 비운 도사라도 된 듯 단순해진다. 처음에는 비움의 미학이 된 집안이 시원시원해서 좋지만 그 느낌도 오래가지는 않았다. 그동안 수없이 많은 물건 틈에서 얹혀 살아왔던 기억이 되살아나 서서히 불안해지기 시작한 것이다. 뭔가 집안을 채워야 할 것 같은 강박관념이 생기면서 정들었던 물건들이 도착할 때까지 기다리기 힘들어진다. 그래서 생각한 것이 화분을 사는 것이었다. 어차피 짐 속에 화분은 포함되어 있지 않으니 몇 개 산다 해도 나쁠 것은 없었다.

인도에 도착한 지 보름밖에 안 된 시점에서 물가 개념 없이 무턱대고 화원에 찾아간 것이 실수였다. 제법 큰 나무가 예상보다 훨씬 저렴했다. 순백의 꽃잎 중앙에 노란색 향기로운 꽃이 맺힌 나무가 우리나라의 절반도 안 되는 가격이라고 해서 고민 끝에 조금 깎아서 구매했다. 달랑 텔레비전만 있던 거실에 나무를 놓으니 집안 분위기가 확 살아나는 듯해 흐뭇했다. 속으로는 다음에 또 사야지 하면서. 그러나 산뜻한 기분도 얼마 가

◑ 연못 주변에 심어진 짬바꽃 나무.

지 못했다. 나름 깎는다고 깎은 그 나무 가격이 원래보다 두 배도 넘게 비쌌던 것이다.

처음에는 약이 올라서 어쩔 줄 몰라 씩씩거렸지만, 그 정도 선에서 바가지 쓴 것을 다행으로 여겨야 했다. 두세 배는 기본이고 심하면 열 배 이상 비싸게 부른다는 것이다. 문제는 이러한 인도의 상술이 사기가 아니라 그들의 일상이라는 점. 구매자의 형편에 따라 가격을 달리 부르기도 한다. 예를 들어 물건을 사려는 사람이 어떤 차에서 내리느냐에 따라 주인장 마음대로 정하는 것이다. 인도 생활 처음 일 년 동안은 신경을 곤두세우고 가격흥정에 들어가야 했다.

●만개한 짬바꽃 나무가 아름다운 수영장.

인연의 시작은 좋지 않았지만, 이 꽃이 지닌 본성이 사라지는 것은 아니다. 내가 살던 아파트 정원에 이 나무가 숲을 이룬 곳이 있었는데, 불같이 뜨거운 한낮의 햇빛을 피해 해가 진 저녁에 산책을 하다 보면 멀리서도 이 꽃 향기가 솔솔 풍겨왔다. 나무 밑에 앉아 한참 동안 향기에 취하기도 하고 딸아이 머리에 꽃을 꽂아 주기도 했다.

이 꽃은 인도에서만 볼 수 있는 꽃이 아니고 종류도 다양한데다 이름도 지역마다 다 다르다. 아름다운 모양과 향기 때문에 사원에 많이 심어져 있어 사원나무라 불리기도 한다.

3

매리골드

"단식이나 고행을 할 때 신들은 절대로 금은보화에 만족하는 것이 아니라, 신자들이 바친 꽃송이를 보고 더 흐뭇해 한다."

옛 힌두 성전에 나오는 이 구절만 봐도, 힌두교에서 꽃이 얼마나 중요한 역할을 하는지 알 수 있다. 인도의 시설은 비록 열악한 곳이 많지만, 꽃 문화만큼은 세계적 수준이다. 우리나라의 결혼식은 꽤나 화려하고 호화롭지만, 인도의 결혼식장에 넘쳐나는 생화 장식을 보면 그 규모가 상상을 뛰어넘는다는 사실에 놀랄 것이다. 가령 호텔에서 결혼식을 한다 치면 식장 입구가 아니라 호텔 입구에서부터 정원 구석구석까지 싱싱한 생화로 도배되어 있다. 그중에서도 압권은, 산스크리티 박물관의 대규모 꽃장식이었다. 전날 무슨 행사가 있었는지는 모르지만, 웬만한 초등학교 운동장 세 배쯤 되는 넓은 잔디밭을 매리골드로 깔아 놓고, 중간 중간에 붉은 장미로 포인트를 주었다. 감탄이 절로 나온다. 그 많은 꽃들은 어디서 왔을까. 비용은 얼마나 될까. 인도 사는 내내 궁금했는데, 서울로 돌아올 때까지 그 비밀은 알 수 없었다.

결혼식은 물론이고, 특히 사원에서는 꽃 없이 의식을 진행할 수 없다. 규모가 큰 사원에서는 특정인이 목욕재개하고 이른 아침에 아무도 향기를 맡지 않은 신선한 꽃을 따서 화환을 만들어 신께 바친다고 한다. 화환을 만드는 데는 자스민, 매리골드, 툴시 잎사귀 등 다양한 꽃과 식물의 잎이 사용되는데, 가장 흔하게 볼 수 있는 꽃이 매리골드다.

○ 매리골드 화환이 놓인 제단.

연꽃

꽃 중의 꽃 연꽃. 산스크리트어로 파드마(Padma)라고 한다. 연꽃이 없으면 힌두교가 성립되지 않을 만큼 힌두교에서는 최고의 꽃이라고 할 수 있다. 힌두 신 대부분이 한 손에 연꽃 한 송이를 들고 있고 신들이 앉아 있는 좌대 역시 연꽃으로 만들어진다.

뉴델리에는 일명 로터스 템플, 연꽃모양으로 지어진 유명한 사원도 있다. 종교에 상관없이 누구나 그 아름다움을 감상할 수 있다. 연못 위에 떠 있는 듯 보이는 이 사원은, 안팎의 막힘이 없어 신비함을 더한다. 특히 분홍연꽃은 재물을 나눠주는 락슈미(Lakshmi) 여신의 상징이고, 흰연꽃은 지식과 지혜의 여신 사라스와티(Saraswati) 여신을 의미한다. 연꽃에는 알지 못할 힘이 숨어 있는 듯하다. 연꽃을 보는 순간 누구나 매료된다. 대부분의 꽃이 사람들의 시선을 사로잡지만, 연꽃은 그 수준을 넘어 숭배의 경지에 이르게 한다. 그 우아하고 신비한 자태에 사람들이 주눅 든다고 할까. 천 년이 넘은 연꽃 씨앗이 발아되었다는 기사를 본 적도 있고, 우리나라에서도 700년 넘은 고려시대 연꽃 씨앗이 발견되어 그 씨앗이 꽃을 피운 기적적인 사건도 있었다. 힌두교의 탄생과 함께 등장하는 연꽃의 역사야 말로 생명의 신비를 보여준다.

○ 재물을 나눠주는 여신을 상징하는 분홍색 수련.

시 골 할 아 버 지

어린 시절, 서울에 사는 아버지의 부재를 대신한 사람은 바로 할아버지였다. 평상시 별 말씀이 없으시다가도 손녀가 곤경에 처하면 어디선가 달려와 구해 주시던 인자한 할아버지.

어느 날 뒷집 영수가 머리를 잡아채는 것을 목격한 할아버지는 당장에 작대기를 들고 쫓아오셨다. 이전부터 몇 번이나 나를 괴롭혔다는 사실을 알고 있다가 직접 현장을 목격하고는 손녀를 구하기 위해 지게를 내팽개친 채 달려온 것이다. 놀란 영수는 한걸음에 달아났고 그 후로는 단 한 번도 나를 괴롭히지 않았다.

이곳은 동네 사원으로 가는 길목이다. 이른 아침, 동네 어르신들끼리 모여 물담배를 나눠 피우며 하루를 시작하고 있었다. 나는 사원으로 가던 걸음을 멈추고 이 평화로운 광경을 사진으로 남기기 위해 차에서 내렸다. 그랬더니 어디선가 바람처럼 나타난 젊은 아저씨 한 분이 담배 피는 장면을 시연해 주었다.

이 동네 어르신들을 뵙고는 오래전에 돌아가신 할아버지 생각이 났다. 힘든 농사일을 하다가 쉴 때는 언제나 기다란 곰방대에 말린 담뱃잎을 잘라서 꼭꼭 누른 다음 담배를 태우던 할아버지의 모습이 아직도 머릿속에 선명하다.

뉴델리의 겨울

사람을 사귀거나 새로운 일을 시작할 때, 혹은 낯선 경험을 할 때는 사계절을 겪어봐야 한다는 말이 있다. 인도라는 나라에 대해 말하고 싶으면 겨울이 어떤지 알아야 한다. 뉴델리에 대한 가장 큰 오해 중 하나가 폭염에 비해 겨울 지내기가 수월할 거라 생각한다는 점이다. 온돌 문화를 모르는 사람에게 델리의 겨울 추위쯤은 일도 아닐 것이다. 절대 영하로 떨어지는 법이 없으니까. 하지만 우리나라의 난방문화에 익숙한 나는 겨울 역시 견디기 힘든 계절이었다. 특히 9층 아파트에서 1층이 보이지 않을 만큼 심각한 스모그는 사람을 더욱 미치게 만든다.

여름에는 더워서 못나가고 겨울에는 스모그 때문에 집에 갇혀 있어야 한다. 여름과 겨울 중간에 사람들이 살기 좋은 때가 약 한 달 정도 된다. 그런데 아침부터 저녁까지 에어컨을 켜놓고 살아야 하는 한 여름이 지나면 선선한 날씨와 함께 모기떼가 극성이다. 40도가 넘어가면 모기도 살지 못하고 죽는다. 참 희한하다. 사람이 살기 좋은 날씨는 벌레들에게도 번식하기 좋은 온도라서인지 말라리아를 비롯 뎅기열을 발생시키는 모기와 온갖 종류의 벌레들이 창궐한다.

겨울 아침, 차를 타고 거리를 지나다 보면 온도 차가 심해 대부분의 사람들이 날개를 말려야 날아갈 수 있는 새처럼 볕 좋은 곳에 서서 두툼한 스카프를 뒤집어쓰고 기온이 올라갈 때까지 하염없이 기다리는 모습을 보게 된다. 낮에는 햇볕이 강해져 바깥 기온이 올라가지만, 실내는 오히려 더 쌀쌀하게 느껴진다. 이럴 때 정말 그리운 것이 쩔쩔 끓는 방바닥에 앉아 따끈한 찌개나 국을 먹는 것이다. 인도 전통음식을 다 알지 못해서인지 델리는 물론 다른 지방에 가도 우리나라 국물 요리처럼 뜨끈하고 시원한 요리는 본 적이 없다. 이래저래 인도의 겨울은 여름만큼이나 견디기 힘들었다.

○ 한겨울 연무 현상에 둘러싸인 배니언 나무.

감사하는 마음

"동물이 훨씬 더 많은 이 지구상에, 신이 내린 가장 큰 축복은 인간으로 태어나게 한 것입니다. 그러므로 모든 인간들은 순수하고 경건한 삶을 살아야 할 것입니다." 인도의 성자가 한 말이다.

지구상의 인구가 70억을 넘었다. 그러나 동물의 수는 헤아리기 어려울 만큼 훨씬 더 많다. 인간으로 태어난 것, 자신이 가지고 있는 것에 만족하지 못하고 늘 부족한 것만 갈망하는 인간들에게 더 이상의 집착을 버리라는 의미에서 말했을 것이다. 인간으로 태어나서 새처럼 비행기를 타고 날아보기도 하고, 올빼미처럼 어두운 밤에도 활동할 수 있고, 자동차를 타고 치타보다 더 빨리 달릴 수도 있고, 물고기처럼 배를 타고 바다를 항해할 수도 있는데 더 이상 무엇을 바라는가.

힌두사원에 가서 사진을 찍을 때마다 복전함에 꼭 시주를 한다. 그것이 예의라 생각해서 그렇게 했을 뿐, 특별히 소원을 빈 적은 많지 않다. 사원에서 사진을 찍을 수 있는 것만으로 고마웠다. 인도에서 깨달은 것 중 하나가 바로 '범사에 감사하라'는 것이다. 전에는 그 말이 별로 와 닿지 않았다. 하지만 외국에서 살다 서울에 오면 더없이 실감 나는 말이다. 길거리에서 떡볶이를 사먹을 때도 감사한 마음이 절로 들었다. 봄에 먹는 쑥된장국은 감동의 도가니다. 따지고 보면 감사할 일은 이 세상 천지에 가득하고도 넘치고 또 넘친다.

정말로 시크한 시크교

집 근처에 있는 시크(Shik) 사원에 가 보았다. 시크교의 가장 큰 특징은 머리에 터번을 두른다는 것이다. 힌두교와 이슬람의 장점을 많이 받아들여서인지 남녀 누구나 종교의식을 집전할 수 있다. 사원도 참 개방적이었다. 사진 찍겠다니까 흔쾌히 승낙해 준다. 시크 사원의 특징은 거창하게 우상을 모셔두지 않고 Holy book이 사원 제단에 모셔져 있다는 점이다. 책을 보여줄 수 있냐고 물었더니 두말없이 책을 펴 보여준다.

매주 토요일마다 무료 급식을 한다면서 오라고 한다. 종교에 상관없이 사원을 찾는 모든 사람에게 음식을 제공해 준다. 시크 사원 중 최고의 사원은 암리스타르에 있는 황금 사원인데, 그곳에서도 원하면 어디서나 쉴 수 있고 음식도 나눠준다. 배낭 여행객에게는 천국이나 마찬가지다.

◐ 시크교가 중요시하는 Holy
book.
◐ Holy book이 놓인 화려한
제단.

칼 카 지 사 원

　진정한 힌두교의 정수를 보고 싶다면 이 칼카지(Kalkaji) 사원에 가야 한다. 힌두교라는 복잡 미묘한 종교는 겉과 속이 많이 다르고 생활 밀착형이라 외부인은 이해하기가 더욱 힘들다. 그래서 힌두교는 힌두교인으로 태어나는 것이지, 개종하거나 타인을 전도하지 않는다. 특히 이 사원은 힌두교인들에게는 성스러운 곳이기에 관광지로 유명한 락슈미 나라얀 사원과는 분위기가 사뭇 다르다. 유의해야 할 점은 기존에 우리가 갖고 있던 사원에 대한 관념이 완전히 깨진다는 것에 있다. 사원은 성스러움과

◐ 칼카지 사원 입구에서 향을 피우는 곳.
◐ 향을 피우기 위해 줄을 서서 기다리는 사람들.

는 거리가 멀고 오히려 소란스럽고, 무질서하며, 비위생적으로 보이기까지 한다. 더군다나 사원의 핵심인 성소에 끊임없이 몰려드는 사람들 때문에 몸을 가누기도 힘들다. 거대한 인간 물결에 휩싸여 몸이 저절로 움직인다.

　이 사원은 18세기에 건립되었는데, 사원 안 성소는 ― 전설에 따르면 ― 거의 2,500년 전 힌두의 여신 칼리와 연관되었다고 한다. 힌두교 신자가 아닌 나는 그 자리에 있기가 힘들었다. 수많은 인파도 그렇고 그 특유의 인도 냄새가 겹쳐 멀미가 날 지경이었다. 여기뿐만 아니라 힌두교 성지에는 발 디딜 틈이 없다는 표현이 정확할 만큼 수많은 사람들이 순례를 온다. 인구 대국에 어울리는 현상이다.

인생의 푸른 신호등

한 장의 사진을 평가할 때 사람마다 다른 기준이 있을 것이다. 어떤 이는 전체적인 조화를 보거나, 사진 안에 담긴 메시지를 보거나, 사진의 구도를 제일 먼저 보기도 할 것이다. 아니면 그저 인간이 가진 감 하나만으로도 판단하는 경우도 있다. 이 사진에 특수한 기술이 사용되었다거나, 탁월한 창의성이 보인다고 말할 수는 없다. 그럼에도 불구하고 이 사진을 선택한 이유는 단 한 가지다. 사진 속에 보이는 푸른색 가로등이 나타내는 상징성 때문이다. 초록은 생명의 색이고 번영의 색이다. 재물을 나눠주는 힌두 여신 락슈미는 늘 초록색 사리를 온몸에 휘감고 황금 동전이 가득 든 항아리를 손에 들고 있다.

❍ 로디 가든의 초록빛 가로등.

인생은 장밋빛이 아니다. 크고 작은 고난으로 점철된 가시밭길이 대부분이다. 그 힘들고 어려운 길에서 긍정의 상징인 푸른 신호등을 보면 얼마나 반가울까? 오전에 어울리지 않게 켜진 가로등의 초록 불빛이 위로의 언어가 되어 이렇게 말하는 것 같았다.

"그래, 이제 인생의 푸른 신호등이 켜질 거야. 너무 걱정하지 마."

무덤에 누워

이곳은 하우즈 카스(Hauz Khas)에 있는 술탄 페로제 샤의 무덤이다. 이 곳을 갈 때마다 아쉬운 것은 조금만 손보면 서울 인사동처럼 관광 명소가 될 수 있을 듯한데 주변이 정돈 되지 않아 관광객의 발걸음이 거의 없다는 점이다. 걷기가 힘들어서 가고 싶어도 갈 수가 없다. 특히 아이와 함께 가야지 하다가도 위험해서 안 될 것 같다는 생각이 드니 오죽하겠는가. 오래된 골동품 가게, 공예점, 갤러리, 멋진 카페와 레스토랑까지. 필요한 모든 것이 다 있는데 안전하게 걸을 수가 없다. 인도에 인도가 없다는 썰렁한 농담이, 농담이 아니다. 인도에는 사람들이 마음 놓고 걸어 다닐 만한 길이 많지 않다.

선진국과 후진국을 나누는 기준에는 여러 가지가 있겠지만, 공항에 내려 차를 타고 시내로 들어가면 답이 나온다. 길이 가지런하게 정돈되어 있으면 선진국이고, 신호등도 없고, 보도블록은 깨져 있고, 길옆에 가로수가 엉망이라면 후진국이다. 거창하게 국민소득까지 거론하지 않아도 도시 환경만 봐도 어느 정도 판가름 나는 것이다.

맨 처음 하우즈 카스에 갔을 때 관리하는 사람 없이 버려진 유적지의 규모가 너무 크고 화려해서 놀랐다. 대단한 유적이 어떻게 이런 폐허로

○ 무덤 안에서 바라본 풍경.
이승과 저승의 경계가
맞닿아 있는 듯하다.

방치될 수 있는지 의심스러웠다. 몇 세기 전에는 세상을 호령했던 델리

술탄의 무덤 곁에서 연인들은 사랑을 속삭이고, 동네 할아버지들은 옹기

종기 모여 이야기꽃을 피우고, 아이들은 돌을 깨면서 놀고 있다.

　삶과 죽음의 경계가 전혀 없는 것이다.

⬆ 보리수 아래 작은 사원.
⬆ 사원 안쪽의 제단 모습.

크고 화려한 사원에 가면 무슨 생각을 하게 될까. 그 사원을 만든 장인과 건축가의 위대함에 감탄하고 그러한 역사를 일으킨 신에 대해 경외심을 갖게 될 것이다. 거기서 나라는 소시민의 존재가 들어갈 틈이 없다. 하지만 자그마한 사원에 가면 그동안 무심하게 잊고 있던 나 자신에 대해 되돌아볼 시간을 갖게 된다. 칠이 다 벗겨진 낡은 사원의 벽, 시장에 가면 얼마든지 볼 수 있는 평범한 촛대, 형체도 제대로 보이지 않는 작은 신상들 틈에서 문득 나는 어디에 있을까 하는 물음이 떠오른다.

그 어떤 것도 나를 찾는 데 방해되지 않는다. 거대한 사원의 분위기에 압도당해 주눅들 필요도 없고, 불편한 경비의 시선도 없다. 오로지 나와 조그만 사원과 자연만이 존재한다. 사원 프로젝트를 하면서 제일 좋았던 점이다. 사원을 한 바퀴 돌고 사진을 찍는 그 순간만큼은 내가 한 명의 사진가로 존재하고, 사원은 그 자리에서 자신의 모든 것을 보여줄 뿐이다. 여행을 할 때 유명 관광지를 다니는 것도 좋지만, 가끔은 관광책자에 나오지 않는 곳을 찾아볼 필요도 있다. 혼자만의 이야기를 만들어줄 좋은 기회가 될 것이다.

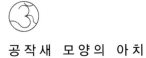

공 작 새 모 양 의 아 치

아치형태의 건물은 직선으로만 이루어진 건물에 비해 우아한 아름다움과 고전적인 느낌을 갖게 한다. 이 아치 형태가 나라별로 시대별로 다른 게 특징이다. 인도에서 아치 형태 건물을 보면 다른 나라와는 다르게 아치 속에 여러 개의 반원이 들어가 있는 것을 볼 수 있다. 이러한 독특한 형태는 왕이나 귀족이 사는 건물에는 물론이고 허름한 사원 건물 안에서도 똑같이 찾아볼 수 있다. 시멘트로 대충 지은 건물도 아치를 꾸며 놓으면 인도적인 모습으로 보여 운치가 배가 된다.

✪ 공작새 깃털 모양의 아치가 아름다운 사원.

이 모양은 인도의 국조인 공작새 깃털에서 본떴다고 한다. 공작새가 화려한 깃털을 마음껏 뽐냈을 때 깃털의 끝부분이 이렇게 펼쳐진다고 한다. 사원의 겉모습만 보고 힌두사원인지 이슬람사원인지 구분할 수 있는 것이 바로 아치 형태다. 이슬람 사원이나 이슬람 건물의 아치는 우리가 흔히 알고 있는 아치 형태로 가운데 뾰족하게 올라간 것이 다른 점이다. 이슬람의 대표적인 건물 타지마할에 가보면 알 수 있다. 타지마할의 아치는 하나같이 단순한 아치형태다. 올드 델리에 있는 대표적인 힌두 건물 레드 포트에 가면 공작새 깃털을 닮은 복잡한 아치를 감상할 수 있다.

흙으로 만든 여인

　사진의 이 여인상은 보면 볼수록 감정이 살아 있는 인물처럼 느껴진다. 단순히 흙으로 빚어 놓은 것이지만 말을 걸면 대답을 하고 내게도 뭔가 물어볼 것만 같은 생생함이 살아 있다. 흙이라는 물질이 주는 편안함 때문인지도 모르겠다. 흙에 인위적인 유약이나 색을 입히지 않고 있는 그대로 구워 자연바람에 풍화작용까지 더해져 원래 그 자리에 오랫동안 서 있는 사람과 같은 하나의 존재가 되어 버렸다.

　인도에서는 생활용기 대부분을 흙으로 만들어 사용한다. 오죽하면 차이를 마시기 위한 일회용 컵도 흙으로 만들어 한 번 사용하고 바로 그 자리에서 버린다. 특별한 가마를 필요하지 않을 정도로 낮은 온도에서 형태만 유지한 채 굽다 보니 내구성은 거의 없다. 봄에 산 토기로 만든 화분이 겨울쯤이면 겉 부분이 다 떨어져 나가 다시 원래 흙으로 되돌아가는 황당한 일도 있었다.

⟳ 산스크리티 박물관에 놓인 타라코타 여인.

아이들은 누가 키우나?

    지금은 엄마 품에 안겨 호기심 어린 눈길을 주고 있는 아이는 과연 누가 키울까? 이상한 질문처럼 보일 것이다. 당연히 엄마가 키우지 누가 키우겠는가. 하지만 인도에서는 아닐 확률이 100퍼센트다. 저렇게 고급스러운 실크 옷을 차려 입고 옆에 일하는 아이를 대동하고 나타난 여인이 직접 아이를 키울 리가 없는 것이다. 인구 대국이라서인지 다른 것은 다 비싸도 인건비만큼은 싼 곳이 인도다. 인도에서 중산층 정도만 되어도 집 안에 일하는 사람이 한두 명은 있게 마련이다. 특히 어린아이가 있을 경우는 대부분 아이 보는 사람이 따로 있다. 내가 살던 아파트에서 정원 안 놀이터를 가보면 아이가 엄마와 함께 나온 경우는 나밖에 없었다. 대부분 다 보모가 아이를 데리고 놀이터에 나와서 놀아 준다. 이런 것이 사회 문제가 되어 나중에 부모가 나이 들면 당연히 일하는 사람한테 맡기고 직접 돌보지는 않는다고 한다. 어려서 아이를 돌봐준 사람이 부모가 아니었듯이 커서 자기 부모를 보살피는 사람도 자식이 아니라 일하는 사람이 된 것이다. 흙 위에서 속옷도 안 입고 신발도 없이 맨발로 뛰어 노는 아이들이 있는 반면, 미술학원을 다닐 때 보모, 경호원, 운전수까지 대동하고 다니는 아이도 있다.

○ 어린 아기를 안고 사원에 온 가족.

　　인도에 살면서 의아함을 느끼는 점 중의 하나가 여아 영아살해일 것이다. 성비 불균형이 심각해서 결혼을 못하는 남자들이 속출하는 사태가 벌어질 만큼 남과 여의 비율은 자연의 법칙을 따르지 못하고 있다. 성비불균형의 원인은 우리보다 더 심각한 남아 선호 사상 때문이다. 힌두교에서는 부모가 죽어서 장례를 치를 때도 아들이 없으면 치를 수가 없다고 한다. 엄마는 아들이라는 자식이 있어야 그 자리가 완성되는 자리인 것이다. 예전처럼 생기는 대로 낳지 않는 요즘 세태에 맞춰 여자아이가 임신되면 미리 낙태를 하거나 어쩔 수 없이 낳았더라도 아들이 아니기 때문에 그냥 죽인다. 길 옆에 묻혀 있던 여자아이의 사체를 개가 파헤쳤다는 기사가 실린 것도 본 적이 있다. 특히 우리나라 경기도와 비슷한 하리아나 주는 태아를 쉽게 감별할 수 있는 도시에 근접해 있어 남녀 성비가 제일 심각하게 차이가 나는 주 중의 하나가 되었다. 오죽하면 제일 가난한 마을인 비하르에서 신부를 수입해야 한다는 말이 나오기도 했다.

리시케시의 소

차도 다닐 수 없는 이 좁은 다리를 자유의지를 지닌 소 한 마리가 혼자서 건너고 있다. 인도 아니면 그 어디에서 이런 광경을 목격할 수 있을까. 리시케시에서는 소도 명상을 하는 것처럼 보인다.

리시케시는 바라나시와 더불어 배낭여행자의 천국, 요가와 명상의 도시로 알려져 있다. 북부 히말라야 기슭에 자리 잡고 있어 물이 많고 시원하다. 델리에서 살인적인 무더위에 지친 상태에서 이곳에 온다면 그 선선한 날씨 하나만으로도 사람들은 마음의 안정을 찾을 것이다. 도시의 모든 것들이 여행자 위주로 움직이는 것도 독특한 풍경이다. 외국인 여행자뿐만 아니라 인도 국내여행객들도 한번쯤은 이 도시를 방문하고 싶어 한다. 그래서인지 소 역시 혼자서 이곳에 여행 온 듯 도시 곳곳에서 유유자적하는 모습을 심심찮게 볼 수 있다.

이 도시를 더 신비하게 만든 이들은 비틀즈다. 1968년 비틀즈 멤버들은 온 가족을 데리고 이곳 리시케시에서 3개월간 머물며 요가를 배우고 음악을 했다고 한다. 특히 인도 음악과 종교, 요가에 심취해 있던 조지 해리슨은 이곳에 와서 수련을 했고, 사후에는 바라나시의 갠지스 강물에 재가 뿌려지기도 했다.

○ 유유히 락시만 줄라를
건너는 소.

리시케시는 강원도 산골짜기 같은 느낌을 주었다. 국토의 70퍼센트가

산인 우리나라에 살던 사람들은 산이 그렇게 의미 있는 존재인지 잘 모른

다. 마치 우리가 숨쉬는 공기처럼 원래 그 자리에 있던대로 늘 살아 왔기

에 산이 없다는 상상을 하지 못한다. 하지만 사막 언저리 뉴델리는 평야

지대로 아무리 둘러봐도 산 그림자조차 보이지 않는다. 산과 비슷한 형태의 구릉지라도 보려면 기본 몇 시간은 자동차를 타고 나가야 한다. 북한산처럼 골이 깊은 산을 보려면 히말라야 언저리까지…. 리시케시 같은 곳까지 대여섯 시간씩 걸려서 가야 하는 것이다. 나처럼 산에 무관심했던 사람이 산을 그리워하는 것은 아마도 고향이라는 향수 때문일 것이다. 산은 어렸을 때부터 마음속에 각인된 본능의 풍경이다. 먼 앞산이라도 안 보고는 하루를 보낼 수 없었던 고향의 풍경. 뉴델리에 살면서 나는 산이 있어야 고향에 온 듯 평온함을 느낄 수 있다는 것을 처음으로 알게 되었다.

비닐까지 먹는 소

　기절초풍할 만큼 놀라운 일을 발견한 것은 우리 집 베란다에서였다. 내가 살던 아파트 12층에서 아래를 내려다보면 왕복 4차선이 보이고 우리 집 맞은편에 마을이 형성되어 있었다. 부촌은 아니지만 그렇다고 완전 빈민가처럼 보이지도 않았는데 집집마다 화장실이 없어서 아침이면 사람들이 플라스틱 통에 물을 담아 가지고 근처 풀숲에서 큰일을 보는 것이었다. 예전 텔레비전 프로그램에서 인도 어딘가 해안가 아침 풍경이라고 하면서 모래사장에 볼일 보는 사람들을 본 적이 있었는데, 그 믿을 수 없는 광경을 우리 집 베란다에서 목격하리라고는 상상도 하지 못했다. 본인들은 주변사람들의 눈을 피해 볼일을 본다고 하지만 아파트 꼭대기 층에서 모든 것이 너무 적나라하게 보이는 것이다. 정말 할 말이 없었다.

　그렇다면 매일 아침 그 많은 사람들이 바로 자기 집 근처 풀숲에서 볼일을 본다면 그 동네는 하루아침에 오물로 뒤덮이지 않을까 하는 걱정부터 하는 사람이 있을 것이다. 그런데 신기하게도 그런 문제는 발생되지 않는다. 뒤처리 담당이 따로 있기 때문이다. 사람들이 볼일을 끝내고 나면 파리가 앉아 쉴 새도 없이 어디선가 돼지들이 종종거리며 나타나 인간의 배설물을 먹어 치운다. 만약에 돼지들이 없다면 그 동네는 하루도 못

○ 동네 환경미화원 역할을
하고 있는 소.

가서 고약한 냄새가 가득 퍼질 것이다. 인도에서 함부로 먹어서는 절대로
안 될 것이 바로 물과 돼지고기다.

　이렇듯 변변한 화장실도 없는데 음식물쓰레기가 제대로 처리되기란
어려울 것이다. 한국에서 쓰레기 버리는 스트레스에 시달린 사람이라면
인도에는 걱정 붙들어 매 놓고 살아도 된다. 매일 아침마다 아파트 현관
문까지 사람이 와서 쓰레기를 가져간다. 외국인들이 쓰다 버린 물건들은
중고시장에서 큰 값을 받을 수 있기 때문에 그냥 버리는 쓰레기가 아니
다. 일반 물건이야 그렇다 하더라도 음식물 쓰레기는 어떻게 처리할 것인

가. 그 역시 별 문제가 아니다. 도심을 살짝 벗어난 빈 땅에 아무렇게나 갖다 버리면 된다. 이번에는 거리의 소들이 음식물 쓰레기를 먹어 치운다. 문제는 그 소들이 이런 비닐까지 먹어 버리는 데서 발생한다. 그로 인해 병들거나 심하면 죽기까지 한다. 그러면 또 힌두 사원이나 비영리단체에서 그런 소를 보호해준다. 늙고 병든 소를 위한 장소가 따로 있다. 인도에는 모든 것들이 돌고 돈다.

◆ 타일로 만들어진 코끼리
모양의 부조.

인도를 관광하면서 들르게 되는 기념품가게에 가장 많이 진열되어 있는 상품은 무엇일까? 정확한 통계는 없지만 코끼리 조각상이 아닐까 싶다. 인도에 처음으로 출장 갔던 남편이 사온 것도 코끼리 상이었고, 인도를 떠날 때 인도인들로부터 받은 선물도 나무로 된 코끼리 조각상이었다. 그 종류와 크기는 헤아릴 수조차 없이 많다. 가장 흔한 것이 나무와 돌이고, 도자기, 청동, 천은 물론이려니와 낙타 뼈를 상감처리한 것까지 상상 초월이다. 크기도 엄마 배 속에 있는 아기 코끼리부터 의자로 사용할 수 있을 만큼 큰 것까지 너무나도 다양하다.

우리나라에서라면 마음먹고 동물원에나 가야 볼 수 있는 귀한 코끼리지만 인도라면 이야기가 달라진다. 운 좋으면 아침 등굣길에도 1톤 트럭만 한 코끼리를 볼 수 있고, 아그라 가는 고속도로에서도 세상의 시계와는 달리 가는 듯, 천천히 중단 없이 가는 코끼리를 만날 수 있다. 인도의 총리 만모한 싱은 인도를 코끼리에 비유했다. 중국이 용이라면 인도는 코끼리인 것이다. 코끼리의 행동은 느리지만 일단 움직이기 시작하면 멈출 수 없다고 말했다.

코끼리를 선물로 살 때 믿거나 말거나 한 이야기가 하나 있다. 코끼리 조각상의 코가 위로 번쩍 치켜 올라간 것이 재물 복을 가져다 준다는 속설이다. 예전에 어느 분이 흑단으로 된 코끼리 조각상 중에서 코가 꼭 위로 들려져 있는 것을 사달라는 부탁을 받은 적이 있었다. 그걸 구하기 위해 상점 몇 군데를 가야 했지만 원하는 숫자만큼 구하지는 못했다. 그렇게 귀한 이유는 일단 만들기가 어렵고 재료비가 두 배로 들기 때문에 비싸질 수밖에 없다. 사람들은 누구나 희귀한 물건을 탐내고 귀하게 여기는 습성이 있다.

거 실 에 서 본 정 원

　베란다에 나가 아래를 내려다보면 아련한 감상에 젖게 하는 정원이 있
었다. 그곳에 살 때는 창살 없는 감옥에 갇혀 있다는 생각을 자주 했다. 어
린아이를 키우는 입장이었기 때문에 더욱더 활동에 제약을 느꼈을 수도
있지만, 그만큼 인도에서의 삶은 독특하면서도 외국인이 감당하기에는
힘든 점이 많았다. 제일 큰 적은 더위였다. 일 년의 절반은 더위와 싸우면
서 낮부터 밤까지 온종일 에어컨을 틀어놔야 했다.

　한국으로 돌아와서 한동안은 34도만 되어도 '살인적인 더위'라는 표
현을 쓰는 것을 보고 피식 웃음이 났다. 인도에서 그 정도면 쾌적한 기온
에 속한다. '이제 낮에 활동해도 되겠군' 하는 반가운 마음이 드는 것이
다. 아무리 습도나 체감온도가 다르다고 해도 34도와 45도의 더위를 비
교할 수 있을까. 40도가 넘어가면 10분만 밖에 있어도 일사병에 걸리고,
선글라스 없이 아스팔트로 나가면 누군가 눈을 바늘로 콕콕 찌르는 듯 아
파온다. 해가 져서 괜찮겠지 하고 정원 산책이라도 나가면 커다란 사우나
에 들어간 듯 숨도 쉬기 어렵다.

　서울로 왔을 때 5월의 싱그러운 공기 속에서 가랑비 맞으며 동네 공원
을 산책하는 일이 얼마나 즐거웠는지 모른다. 일 년에 열 달은 비가 거의
내리지 않는 극한의 기후 속에서 비마저 그리움의 대상이 되었던 것이다.

⊙ 거실에서 내려다 본 아파트 안의 이국적인 정원.

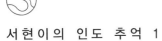

서현이의 인도 추억 1

태어난 지 1년 4개월 만에 인도 땅을 밟은 서현이. 도착한 첫해에는 보름 간격으로 병원을 다니느라 나를 지치게 하더니 네 살이 지나면서부터는 서서히 인도 탐험의 친구가 되어갔다. 그와 동시에 자기주장도 점점 강해져서 그나마 해오던 모델 역할도 하지 않으려 들었다. 뉴델리에 있는 로디 가든에 갔을 때는 개구쟁이 기질이 마음껏 발휘될 때였는지 전혀 통제되지 않았다.

컴퓨터로 이 사진을 확인했을 때는 서현이가 눈을 감고 있어 현상하지 않았다. 디지털 시대에 무슨 현상이냐고 하겠지만, 원본 파일 그대로 저장되어 있는 것은 현상하지 않은 필름과 다름없다. 그러다가 서울에 와 사진 정리를 하면서 다시 보니 그 느낌이 점점 달라졌다.

가방을 메고 사진 찍는 엄마가 불편해 보였던지 서현이는 굳이 자기가 가방을 들겠다고 떼를 써서 몸만큼 커다란 가방을 둘러메고 장난스럽게 서 있다. 뒷배경은 찬란히 부서지는 햇살 아래 따스한 초록잎이 물결처럼 일렁이고 자전거를 타고 가던 소년은 서현이를 힐끗 쳐다보는 것이다. 서현이가 경직된 자세로 있었거나 뒤에 자전거를 타고 가는 소년이 없었다거나 아저씨였다면 분위기는 지금과 전혀 달랐을 것이다. 이 사진이야말로 사진이 순간의 미학이라는 사실을 증명했다. 간직하고 싶은 서현이의 인도 추억이다. 로디 가든을 거닐며 사진을 찍고, 인도의 공기를 호흡했던 그날을 영원히 잊지 못할 것이다.

서현이의 인도 추억 2

　어렸을 때 아버지에 대한 기억이 전혀 없다. 시골에서 할아버지 농사일 도우며 맏며느리 역할을 충실히 하던 엄마는 서울에서 돈 버는 아버지와 떨어져 살았다. 어린 나는 당연히 엄마와 살았고 제 앞가림을 할 정도의 나이가 되어서야 서울에서 아버지와 함께 살 수 있었던 것이다. 사실 결혼해서 아이를 낳기 전까지는 아버지의 부재가 어떤 것인지 잘 알지 못했다. 태어나면서부터 아버지와 떨어져 살았고, 아버지가 어떤 역할을 하는 존재인지 전혀 알 길이 없었기 때문에 부재의 고통도 알지 못했던 것이다. 그래서인지 서현이가 아빠 품에 안겨 있거나 등에 업혀 안정감을 느끼는 것을 보면 마음속에서 알지 못할 찡한 그 무엇이 올라온다. 아! 아빠의 사랑은 이런 것이구나, 아이는 아빠를 전적으로 신뢰하고 있구나, 아빠는 이 세상 모든 위험에서 아이를 지켜줄 든든한 보디가드구나 하는 느낌이다.

　인도에서 공주였던 서현이는 번잡하거나 바닥이 더러운 곳에서는 절대 걸어가지 않았다. 말을 못할 때는 가만히 서 있거나 울었고 말을 하면서부터는 업어달라고 보챘다. 인도 여행 사진을 보면 늘 서현이는 두 발이 땅에 닿지 않고 공중에 떠 있다.

아버지에게서 전폭적인 지지나 사랑을 받아 본 적이 없어 매사에 자신
없어 하는 나와 달리 아빠 등에 업혀 있는 것만으로도 서현이는 세상을
다 얻은 듯 자신만만하고 당당해 보였다. 서현이에게 인도에서 가장 행복
했던 추억은 언제나 아빠 품에 안겨 여행을 다녔던 일이 될 것이다. 살면
서 어려운 일이 있을 때마다 이 사진을 보면서 입가에 미소를 띠고 다시
힘차게 세상 밖으로 나갈 수 있기를 바란다.

자 화 상 1

인생은 우연과 놀라움의 연속이다.

암울했던 고등학교 시절, 공상과 망상, 상상에 사로잡혀 창밖만 물끄러미 바라보던 학교 수업시간에도 미래의 어느 날 인도에 가서 살게 될 거라는 생각은 조금도 해본 적이 없었다. 그것은 개미로 태어나 나비가 되어 하늘을 날아보겠다는 야심을 갖는 것보다도 더 터무니없는 상상이었을 테니까.

대학생 때 역시 마찬가지였다. "여자는 그저 시집만 잘 가면 된다"는 생각을 갖고 있던 아버지는 당연히 대학 진학을 반대했고, 고집을 꺾지 않고 대학에 들어간 나는 학비는커녕 차비나 용돈조차 받지 못했다. 하루하루 간신히 버스비만 들고 학교에 다니던 시절, 어떻게 감히 비행기를 타고 머나먼 땅 인도에 갈 수 있을 거라는 상상을 할 수 있었을까. 아르바이트와 학업을 병행하며 힘들게 대학을 마쳤고, 결혼을 했고, 세월이 흘러 우여곡절 끝에 런던에서 사진 공부를 하면서 아주 조금씩 인도가 내 삶에 들어왔다.

주말에 사진을 많이 찍어야 주중에 학교 시설물을 다양하게 이용할 수 있었기 때문에 주말이면 런던 곳곳을 돌아다녔다. 어디를 가나 시장은 흥

미진진한 곳이다. 거기서 발견한 인도의 촛대와 종. IMF 여파로 살인적인 물가와 싸우던 나는 감히 쇼핑은 엄두도 낼 수 없었지만, 인도 공예품에 반해 한두 개씩 사 모으기 시작했다. 물건을 몇 개 산 날은 점심을 제대로 먹지 못했지만 마음에 드는 촛대를 보며 배고픔도 잊어 버렸다.

참 희한한 인연이다. 인도도 한국도 아닌 런던에서 인도에 대해 눈을 뜨기 시작한 것이다. 런던에서 무사히 학업을 마치고 서울에 돌아온 다음 인도는 내 삶에서 거의 사라진 것처럼 보였다. 그러다가 어느 날 끼어들기의 명수, 무법자의 오토바이처럼 전혀 눈치챌 틈도 없이 인도는 내 삶의 한복판으로 들어 왔다.

2006년, 아기를 낳은 지 백일도 되지 않을 때 남편은 인도 오리사 주로 발령을 받아 떠나갔고 나는 고개도 못 가누는 어린 딸과 둘이 서울에 남겨졌다. 그리고 2007년, 아장아장 걸음을 떼기 시작한 딸과 인도 생활을 시작했다.

이 사진을 찍던 날은 굉장히 우울했다. 거울에 나의 실체가 제대로 비치지 않는 것처럼, 나의 삶 역시 얽히고설켜 길을 잃은 듯 보였다. 인도 생활의 시작과 동시에 나의 삶은 사라지고 아이와 남편만 남았다는 생각 때문에 자존감이 극도로 떨어진 상태였다. 혼돈의 시간을 견디고 삶의 중심을 잡기 위해서 사진을 시작했지만, 그것 역시 마음대로 되지 않던 시기라서 그때 나의 자화상은 온통 혼란뿐이었다.

인생에서 명확하게 흑과 백으로 구분되는 것이 얼마나 있으랴. 삶은 매 순간 혼돈의 연속이고 부조리할 뿐만 아니라 예정된 일이기도 하다. 이 모든 단어들이 논리적으로는 맞지 않는다. 신기하게도 인도에 살던 어느

◐ 두르가 여신이 모셔진 사원
안 유리벽에 비친 나의 모습.
◐ 복잡한 심경으로 바라본
두르가 여신.

날, 런던에서 공부할 때 보던 책에서 인도 여행계획서 한 장을 발견했다. 5박 6일간의 인도 여행. 나는 인도에서 4년여의 시간 동안 살게 되었다. 그 여행을 계획할 때는 그토록 오랫동안 인도에 살게 될 줄은 몰랐겠지. 결론은 우리의 미래는 아무도 모른다는 것이다. 미리 단정 짓지 말자. 내가 타고 있는 배가 나를 어디로 이끌지 그 누구도 예측할 수 없다. 흔들리는 물결에 몸을 맡기는 호기를 부려보자.

자화상 2

    보라색을 좋아하기 시작한 시기는 중학교 1학년 때였다. 버지니아 울프(Adeline Virginia Woolf)가 자살로 생을 마감했다는 이야기를 듣고 나서는 염세주의자가 되기도 했다. 그녀와 보라색은 나의 중학교 시절 아이콘이었다. 버지니아 울프처럼 유명한 예술가가 되고 싶었다. 그러기 위해서는 예술가들이 좋아한다는 보라색 물건과 가까이해야 할 것만 같은 이상한 생각에 빠져 보라색 물건을 모으는 데 집착하기 시작했다. 또한 그녀가 썼다는 '의식의 흐름(Stream of consciousness)' 기법의 소설 『댈러웨이 부인(Mrs. Dalloway)』을 중학교 2학년 때 읽었다. 물론 거의 이해하지 못했다.

    런던에서 제일 기억에 남는 것이 그녀가 살았던 블룸즈버리(Bloomsbury) 거리의 표지판을 본 일이다. 그녀를 책으로 알고 난 뒤 거의 20년이라는 시간이 지나서 버지니아 울프의 실체를 직접 눈으로 확인한 것이다. 세월이 흐르면서 중학생 때 가졌던 순수한 열정은 많이 사라졌지만, 보라색을 보면 눈길이 한 번 더 가는 것은 달라지지 않았다. 친구들은 보라색을 보면 나를 떠올린다고 한다. 우연의 일치인가. 인도에 살면서 마지막으로 간 여행지에서 다시 보라색과 마주했다. 우다이푸르의 레이크 팔레

○ 호수궁전 로비의 보라색
소파에 앉아 한 컷.

스 호텔(Lake Palace Hotel) 로비에 놓여 있던 보라색 소파. 나는 보라색 실
크 옷을 입고 보라색 의자에 앉아 보라색을 좋아했던 어린 시절을 떠올렸
다. 보라색은 내 인생의 선물이다. 늘 일상의 소소한 기쁨을 알게 하니까.
남들이 빨강이나 파랑색 펜으로 밑줄을 그을 때 나는 보라색 펜으로 글씨
를 쓰면서 흐뭇해했다. 테이트모던미술관(Tate Modern Collection)에서 보
라색 필통을 사고는 얼마나 행복했는지….

마지막 컷

2011년 3월 27일 오후 세 시. 인도의 후텁지근한 공기도, 가로수 잎사귀를 누런 흙빛으로 만들어 버리는 탁한 먼지바람을 볼 수 있는 날도 오늘이 마지막일 것이다. 오늘, 아니 정확히 내일 새벽 한 시면 인도를 떠난다. 이곳으로 올 때는 컨테이너 두 개에 짐을 가득 채워 와서 살다가, 줄이고 줄여 서울 갈 때는 컨테이너 하나로 만들었다. 운 좋게도 서현이는 유치원 졸업식까지 마칠 수 있었다. 4년여의 인도 생활을 혼자서 다 정리하느라 말 그대로 몸과 마음이 모두 방전되어 버릴 정도로 지쳐 있었지만, 남아 있는 짧은 오후 시간을 방에 가만히 앉아 보낼 수는 없었다.

어디로 갈까? 그동안 자주 다녔던 곳들이 떠올랐다. 너무 멀면 돌아올 길이 불편할 것이고, 가까운 곳은 가고 싶지 않았다. 똑같은 시간의 흐름 속에서도 공간이 바뀌는 어느 시점은 아주 특별한 느낌으로 다가오기에. 이 순간을 영원히 기억할 수 있는 그 무엇인가를 하고 싶었다. 그때 문득 떠오른 곳이 바로 산스크리티 박물관이었다.

인도의 일상은 소음의 연속이다. 더군다나 번잡한 신흥도시에서 고요함은 이미 사라진 지 오래지만, 델리 외곽에 있던 이곳만큼은 명상의 나라 인도와 잘 어울리는 곳이었다. 한마디로 박물관은 고요했다. 살랑이

☸ 산스크리티 박물관에서 낙엽을 청소하는 사람.

는 나뭇잎 소리, 지열로 인해 달구어진 공기가 하늘 높이 올라가는 소리마저 들릴 정도로 그곳의 적막함은 세상의 시간과 다르게 흘러갔다. 처음 이 박물관에 들어섰을 때 느낀 감정은 '드디어 제대로 된 인도를 찾았다'는 것이었다.

박물관 입구에 수호신처럼 버티고 있던 반얀(banyan)나무. 인도의 국목이자 박물관의 상징인 그 나무가 무대예술을 하듯 낙엽을 떨구고 있었다. 봄과 가을이 동시에 시간의 일직선상에 놓이는 인도 특유의 계절이 펼쳐진다. 초록의 잎이 낙엽으로 물들 새도 없이 누렇게 뜬 채 힘없이 떨어지고, 한쪽에서는 새로운 생명의 잎을 키워내는 것이다. 나무의 종류마다 조금씩 다르지만 우리나라처럼 오랫동안 나목으로 존재하는 경우는 거의 없다. 모든 일들이 동시진행형이다. 잎사귀가 다 떨어져 길거리가 훤했다가도 며칠만 지나면 다시 나뭇잎이 무성해 그늘이 생긴다.

신성한 반얀나무 주위에서 일꾼들이 낙엽을 쓸고 있었다. 사실 그동안 이곳에서도 몇 번 촬영을 시도했지만, 내가 느낀 나무의 대한 존경심이 드러날 만한 멋진 사진은 찍지 못했다. 그런데 오늘 이 나무는 자신의 본모습을 보여주면서 이제 찍어도 좋다고 허락하는 듯했다. 간절히 이 나무를 찍고 싶어 일부러 연출을 했다 하더라도 이렇게까지는 표현하지 못했을 것이다. 조형미가 극에 달한 둥근 나무 수레바퀴, 노란 낙엽, 자연스러운 일꾼의 모습. 나를 위해 준비한 완벽한 선물이었다. 4년간의 인도 생활을 영화로 촬영할 때 마지막 장면을 골라야 한다면 바로 지금이 될 것이다.

젊은 날 체 게바라의 남미 여행을 다룬 영화 〈모터 사이클 다이어리〉 마지막 장면에 이런 글귀가 나온다.

I am not me anymore; at least I am not the same I was.

나는 더 이상 내가 아니다. 적어도 예전의 나와 같은 나는 아니다.

비가 내린다. 저 비는 어떻게 하늘에서 내릴까. 우리는 비가 오는 현상만으로 비의 모든 것을 알고 있다고 착각한다. 그렇지만 이 비가 어디에서 수증기가 되고 구름이 되었다가 하늘에서 어떻게 빗방울로 변하는지 본 사람은 아무도 없다. 우리는 그저 수많은 과정 중 비가 땅바닥에 떨어지는 과정 하나만 볼 뿐이다. 힌두사원 프로젝트를 진행하기 전까지, 인도에서 4년을 살면서도 나 역시 떨어지는 빗방울만 바라본 사람과 마찬가지였다. 사원을 찍기 시작하면서 드디어 그 비가 어디서 왔을까 생각하게 된 것이다.

21세기, 이 최첨단의 시대에 우리는 고작 유인왕복선을 몇 번 태양계에 보내 놓고 마치 우주 정복에라도 성공한 듯 호들갑을 떨어댄다. 그러나 우리가 눈으로 직접 볼 수 있는 물질은 겨우 4퍼센트에 지나지 않는다. 나머지 96퍼센트는 정체를 알 수 없는 암흑물질과 에너지라는 것이다. 미확인된 이 96퍼센트는 인간이 종교에 의지하며 살아가게 했고, 나의 인도 생활에도 적용되었다. 반경 4킬로미터 내, 내가 자주 가는 곳은 열 군데를 넘지 않았다. 나머지는 미지의 세계였다. 인도를 알기 위해 다양한 책을 읽어보았지만, 피상적인 내용이 대부분이었다.

◐리시케시를 방황하는 소.

　그래, 진짜 인도를 찾아 사원에 가보자. 사원이야말로 인도인의 삶이 응축되어 있는 최적의 장소다. 인도의 종교는 힌두교가 82.6퍼센트로 대다수를 차지하고 있으며, 이슬람교가 11퍼센트, 시크교가 2퍼센트, 자이나교가 0.5퍼센트를 차지하고 있다. 인도인의 삶과 종교는 불가분의 관계이기에 종교를 모르면 그들의 문화와 역사를 이해할 수 없다. 그것이 "힌두사원 프로젝트"의 시작이다.

아침 일찍 시간이 나는 대로 사원에 가보니 책에서만 읽고 막연하게 알고 있던 힌두교에 대해 많은 것을 알 수 있게 되었다. 내가 가본 사원에 모셔진 신들은 다들 제각각이었다. 어찌하여 신이 3억 3,000만 명이나 존재하는지 눈으로 직접 확인할 수 있었다. 거기다가 사원까지 가는 길 또한 하나의 작은 여행이나 마찬가지여서 주변 지형과 인도인의 생활 모습을 고스란히 목격할 수 있었다. 도시의 센터는 밀레니엄시티라는 별칭답게 최첨단 빌딩과, 자동차로 물결을 이루지만 도심을 조금만 벗어나면 바로 21세기에서 19세기로 회귀한다.

사원에 가면 인도의 국조인 공작이 마치 마당에 풀어놓은 닭이 모이를 쪼아 먹는 것처럼 너무나 한가로이 앞마당을 거닐고 있다. 그 아름다운 옥색의 목을 길게 내밀고 있다가 이방인이 접근하면 카메라에 전원을 켜기도 전에 재빨리 숲으로 달아나 버린다. 공작은 그렇게 카메라 앵글에서 멀어져 갔지만, 사원을 다니면 다닐수록 인도에 조금씩 가까워져 갔다.

힌두교는 종교 이상의 그 무엇으로, 인도인에게 내재된 본능에 가까운 것이다. 팔이 네 개라거나, 인간의 몸에 머리는 원숭이라거나…. 얼핏 보면 우스꽝스러운 미신처럼 보이지만 그들의 삶은 방식은 현재 전 세계에 유효하다. 바로 요가와 명상이다.

또한 힌두교는 현존하는 모든 종교 중에서 가장 오래된 종교다. 연대기적으로 살펴보면 이 우주의 나이는 137억 년, 지구의 나이는 45억 년, 현생 인류와 가장 가까운 크로마뇽인은 3만~4만 년 전에 나타났고, 기독교는 세상이 다 알다시피 1세기경에 예수의 사도(使徒)들에 의해 형성되었다. 힌두교는 학자마다 조금씩 다른 견해가 있지만 4천~5천 년 전에 시작되었다는 설이 있다. 이슬람교는 7세기에 시작되었고, 시크교는 교조 나나크(Guru Nanak Dev, 1469~1538)의 탄생 시기가 15세기로 가장 어린 종교이다. 이처럼 다양한 종교가 공존하는 인도에서 사원 좀 돌아다녔다고 모든 종교를 이해할 수는 없을 것이다.

중요한 것은 '다름'을 인정하고 이해하려는 시도다. 현대인에게 종교는 더 이상 구원이나 기복의 목적이 아니라 심리치료의 역할이라고 볼 수 있다. 전 세계가 눈에 보이지 않는 네트워크로 구석구석까지 연결되어 있는 최첨단 시대, 인간은 절대 외롭지 않을 것 같지만 전원이 꺼지면 세상과 단절된 채 혼자만의 공간에 남겨지는 것은 마찬가지다.

인도인들에게 사원은 멀리 있지 않다. 대부분 집안에 자신만의 사원을 만들고 놓고 있기도 하지만 도시 곳곳에 사원이 자리 잡고 있기 때문이다. 마음이 허전할 때나, 뭔가 간절히 원할 때 사원에 가서 기도할 수 있다. 마음을 다스릴 수 있는 공간이 있다는 것이 중요하다. 그 안에 우리가 전혀 보지 못했던 다른 신상이 자리 잡고 있다거나 이해하기 어려운 행동을 보이는 것은 문제가 안 된다. 진지한 태도로 기도하고 마음의 위안과 평온을 느끼면 된다. 신은 멀리 있는 것이 아니라 친구처럼 늘 가까이에 있다. 그래서인지 인도인들은 외롭지 않고 여유로워 보인다.

— 2011 힌두사원 프로젝트
(인사동 영아트갤러리 기획전 전시 서문)

인도, 사진으로 말하다

글 · 사진 | 현경미

1판 1쇄 인쇄 2014년 6월 13일
1판 1쇄 발행 2014년 6월 25일

펴낸이   현경미
펴낸곳   도래
주소   서울시 서초구 강남대로 코리아 비즈니스센터 309호
전화번호 070-8910-3345
전자우편 doraebooks@gamail.com
출판등록 2014년 5월 8일 제2014-000009호

책임편집 김한나
디자인   VORA design
인쇄   한솔애드

ISBN 979-11-952888-0-9 03800
값 18,000원